HARALD MINI

Doblhofer ermittelt in Wien

VON FALL ZU FALL Oberinspektor Otto Doblhofer, Wiens bester Verbrechensbekämpfer, ermittelt in 30 Fällen. In Österreichs Hauptstadt verhält sich einer der Heiligen Drei Könige nicht ganz so heilig. Er lässt etwas mitgehen, was ihm nicht gehört, anstatt Gold, Weihrauch oder Myrrhe vorbeizubringen. Doblhofer hat es mit Wiens ausgeklügeltsten Kriminellen zu tun. Seine Ermittlungen führen ihn vom Wiener Opernball bis ins Rotlichtviertel und lassen keine der vielen Facetten Wiens aus.

Harald Mini ist 1960 in Linz geboren und arbeitet als Richter beim Bezirksgericht Linz. Als vielseitiger Autor veröffentlichte er neben juristischer Fachliteratur, Krimis, Hörspiele, Satiren und Thriller. Zudem hat er für den ORF-Tatort zwei Krimis als Vorlagen geliefert. Seine Rätsel-Krimis erscheinen regelmäßig in ›Die Presse am Sonntag‹.

HARALD MINI

Doblhofer ermittelt in Wien

30 Rätsel-Krimis

GMEINER SPANNUNG

Besuchen Sie uns im Internet:
www.gmeiner-verlag.de

Im Ehnried 5, 88605 Meßkirch
Telefon 07575/2095-0
info@gmeiner-verlag.de

1. Auflage 2015

Lektorat: Sven Lang
Herstellung: Julia Franze
Umschlaggestaltung: U.O.R.G. Lutz Eberle, Stuttgart
unter Verwendung eines Fotos von:
© Polizeihistorischer Verein Stuttgart e. V.
Druck: GGP Media GmbH, Pößneck
Printed in Germany
ISBN 978-3-8392-1659-0

DIE UNHEILIGEN DREI KÖNIGE

Die Sternsinger waren soeben, reich beschenkt mit Süßigkeiten (und auch ein wenig Kleingeld), von dannen gezogen, als sich Oberinspektor Otto Doblhofer in seinem gemütlichen Wohnzimmer auf die Couch fallen ließ und die Fernsehzeitung zurate zog. Da klingelte das Telefon. Doblhofers Frau ging an den Apparat, telefonierte gut eine Minute lang und betrat dann das Wohnzimmer.

»Du, Otto«, begann sie, und Doblhofer erkannte bereits an der Miene und am Tonfall seiner lieben Gemahlin, dass es aus einem ruhigen gemütlichen Abend vor dem Fernsehgerät nichts werden würde, »das war die Frau Weinzettel aus der Edelhofgasse ums Eck …«

»Ja und?«

»Bei ihr waren auch vor ein paar Stunden die Sternsinger und sie behauptet, ihr wäre etwas gestohlen worden.«

»Ja und?«, sagte Doblhofer nochmals. Dafür war die Polizei zuständig. Er war zwar Polizist, aber heute hatte er frei.

»Und weil sie weiß, dass du Polizist bist, und weil ich sie vom Einkaufen her kenne – sie ist eine liebe, alte, schon ein wenig schrullige Frau – und weil sie den Diebstahl nicht an die große Glocke hängen will, hat sie gedacht …«

»Dass ich mich des Falls annehme«, seufzte Doblhofer und weil er wusste, dass seine Frau schon zugesagt hatte und es da kein Entrinnen mehr gab, zog er Jacke und Schuhe an und begab sich zur Wohnung der Frau Weinzettel. Bereits nach dem ersten Läuten öffnete sie ihm und er stand vor einer etwa 85-jährigen, kleinen Frau, die ihn mit den Worten: »Wenn Sie der Herr Inspektor sind, kommen Sie rein«, begrüßte.

Doblhofer betrat das winzige Vorzimmer, von dem aus es nach rechts in das Badezimmer, gerade aus in die Küche und nach links in das Wohnzimmer abging. »Was ist Ihnen denn gestohlen worden?«, fragte er.

»Meine Goldmünze, die ich von unserem lieben, verehrten Herrn Bürgermeister zu meinem 80. Geburtstag geschenkt bekommen habe«, sagte die alte Frau mit fester Stimme. »Die hatte ich in einer Schale liegen – neben einigem anderen Zeug, das ich zu meinem Ehrentag bekommen habe.« Sie führte den Oberinspektor ins Wohnzimmer, wo auf einer Kommode eine Schale stand.

»Und Sie verdächtigen die Sternsinger?«

»Es war sonst heute niemand bei mir«, erklärte Frau Weinzettel. »Weil mein Vorzimmer so klein ist, dass drei Leute nicht nebeneinander Platz haben, hab ich sie ins Wohnzimmer gebeten, wo sie mir etwas vorgesungen haben. Sie wissen schon, das übliche Sternsingerzeugs – ›Halleluja, die Heilig'n Drei Kini san do‹. Dann bin ich gegangen, um einen Zehneuroschein und ein paar Süßigkeiten zu holen – ich bin zwar Mindestpensionistin, aber einen Zehner für unsere lieben Sternsinger zweige ich immer ab, kann man ja jetzt auch von der Steuer absetzen, obwohl ich eh keine Steuern zahle als Mindestpensionistin –, und kaum waren sie weg, ist mir aufgefallen, dass in der Schale die Münze fehlt. Es muss einer von den Heiligen Drei Königen gewesen sein. Da war ein unheiliger König darunter!«

»Und dass Sie sie verlegt haben?«, wagte Doblhofer einen Einwand.

Für diesen erntete er von der alten Frau nur einen verächtlichen Blick. »Ich bin zwar alt, aber nicht verblödet, Herr Inspektor. Selbstverständlich habe ich überall gesucht, bevor ich Ihre Frau alarmiert habe. Glauben Sie mir, die Münze wurde mir gestohlen.«

Doblhofer ließ sich von Frau Weinzettel noch berichten, dass es drei relativ groß ausschauende männliche Sternsinger gewesen waren, von denen sie keinen persönlich gekannt hatte, und dass es sich bei der Münze um einen Philharmoniker handle, dann begab er sich zur Pfarre, wo tatsächlich noch einige Sternsinger aus und ein gingen, während einige weitere, die ihren Dienst bereits beendet hatten, sich schon wieder abschminkten und umzogen.

»Äh, Sie wünschen?«, wurde er von der Pfarrassistentin in Empfang genommen. »Kommen Sie, um ein Kind abzuholen?«

»Nein, eigentlich nicht«, antwortete Doblhofer wahrheitsgemäß. Als er von der Frau in Erfahrung brachte, dass sie für die Einteilung der Sternsinger zuständig war, fragte er: »Dann können Sie mir sicher auch sagen, welche Gruppe heute in der Edelhofgasse Dienst hatte?«

»Natürlich, das war unsere Erwachsenengruppe.« Als die Pfarrassistentin Doblhofers Erstaunen bemerkte, erklärte sie: »Wissen Sie, in den Großstädten sind immer weniger Ministrantinnen und Ministranten bereit, sternsingen zu gehen, da müssen wir uns auch mit der einen oder anderen Erwachsenengruppe behelfen, um alle Häuser abdecken zu können, und obendrein den Sternträger einsparen. In der Edelhofgasse bis hinauf zum Währingerpark waren heute Herr Haber, Herr Vellner und Herr Kröschl unterwegs. Da hinten können Sie sie sehen, sie haben sich gerade umgezogen, sind offenbar fertig mit ihrer Tour.«

Doblhofer bedankte sich artig und trat auf die drei Männer – alle im Alter zwischen 40 und 50 – zu. Kein Wunder, dass Frau Weinzettel die Heiligen Drei Könige »relativ groß« vorgekommen waren. »Könnte ich Sie vielleicht kurz sprechen?«, fragte er. »Es ist eine etwas delikate Angelegenheit.

Sie waren doch heute bei der Frau Weinzettel sternsingen und die alte Dame … na ja, vermisst seitdem ein Goldstück.«

Nachdem alle drei Verwunderung gezeigt hatten, zog sich Doblhofer mit Herrn Haber zurück. »Können Sie sich noch an den Besuch bei der alten Dame erinnern?«, begann er die Befragung.

»Na ja, wir waren heute bei mehreren alleinstehenden alten Damen«, sagte Herr Haber, der als Caspar unterwegs gewesen war. Als ihm Doblhofer Frau Weinzettel näher beschrieb und auch, von wo das Goldstück gestohlen worden war, ging Haber plötzlich ein Licht auf. »Ach ja, die Alte, die uns ihre abgelaufenen Süßigkeiten aufgedrängt hat! Die ist, nachdem wir ihr im Wohnzimmer vorgesungen hatten, in die Küche verschwunden und mit einer Schale voll mit süßem Zeug aufgetaucht – kleinzerteilte Schokoladenstücke, ausgepackte einzelne Manner-Wafferl, abgestandene Überraschungseierschokolade, so nach dem Motto ›Das Süßigkeitenbuffet ist eröffnet‹, grauslich, sage ich Ihnen.« Er schüttelte sich. »Ein Schnaps wäre uns lieber gewesen. Nur gut, dass ich selbst ein Flascherl Obstler mit hatte, für die kleinen Stärkungen zwischendurch, so konnten wir uns nachher *regenerieren*.«

Als Doblhofer verständnisvoll nickte, fuhr Haber fort: »Die Schale mit den Süßigkeiten hat die alte Dame dann im Wohnzimmer neben die Schale mit dem Krimskrams gestellt, in der offenbar das Goldstück drin war. Ich hab es allerdings gar nicht gesehen. Wir haben geschaut, dass wir das Weite suchen. Und Sie glauben, einer meiner zwei Kollegen hat sich sozusagen bei der falschen Schale bedient?«

Doblhofer erwähnte nicht, dass er derzeit noch alle drei – also auch ihn – im Verdacht hatte und befragte als Nächsten den Melchior der Sternsingergruppe, Herrn Vellner. Dieser erinnerte sich ebenfalls noch gut an die alt aussehenden Naschereien und wie die beiden Schalen dann nebeneinander auf dem Wohnzimmerkästchen gestanden waren. »Die hat uns ihre abgelaufenen Süßigkeiten aufgedrängt. Nur gut, dass der Haber einen Schnaps mit hatte. Aber wenn Sie sagen, dass die alte Dame schon 85 war, sollte man ihr das vielleicht nachsehen. Und apropos nachsehen – vielleicht sollte die gute Frau einfach nachsehen, ob sie die Goldmünze nicht vielleicht irgendwo verlegt hat, bevor sie uns Heilige Drei Könige verdächtigt?« Herr Vellner schmunzelte aufgrund des gelungenen Wortwitzes. »Nun, ich war es jedenfalls nicht.«

Auch der dritte Verdächtige – der Balthasar alias Herr Kröschl – war der Ansicht, dass Frau Weinzettel das abhanden gekommene Goldstück einfach verlegt hatte. »Ja, ich erinnere mich, dass da im Wohnzimmer eine Schale stand mit irgendwelchem Zeugs darin, aber ich hab nicht näher darauf geachtet, was da alles dabei war. War mir ja auch egal, viel wichtiger war das Überlebenstraining – wie diese Süßigkeitenorgie ohne Alkohol überstehen. Nein, Herr Inspektor, ich hab mir ganz sicher nichts daraus genommen. Das wäre ja feiger, gemeiner Diebstahl! Ich hol mir vielleicht die ›Sonntags-Presse‹ gratis aus dem Zeitungsstandl, damit ich auch am Sonntag was Gescheites zu lesen habe, aber ich stehle doch kein Gold!« Er schüttelte den Kopf.

Wenig später sagte Doblhofer zu den drei Männern: »Frau Weinzettel will keine große Sache aus dem Diebstahl machen. Ich schlage vor, der Dieb – und ich weiß, wer von Ihnen der Dieb ist – legt ihr das Diebesgut einfach vor die Wohnungstür, klingelt dann und rennt davon und die Sache ist damit erledigt. Sonst müsste ich mich morgen der Angelegenheit offiziell annehmen. In diesem Sinne … guten Abend, die Herren Heiligen Drei Könige!«

Wen verdächtigt Doblhofer?

Lösung: 1. Rätsel-Krimi

Doblhofer verdächtigt Herrn Vellner. Denn der weiß, dass der alten Frau eine Gold*münze* gestohlen wurde. Doblhofer hat den Verdächtigen gegenüber nur von einem Gold*stück* gesprochen.

MORD IN DER PIZZERIA

Die Hoffnung von Oberinspektor Otto Doblhofer, nach der unangenehmen Jänner-Nasskälte ins wohlige Warme zu gelangen, erfüllte sich nicht, denn sogleich nach dem Betreten der Pizzeria musste er feststellen, dass nicht eingeheizt war.

»Hat man denen den Strom abgedreht, dass sie zu heizen aufgehört haben?«, waren demnach auch seine ersten Worte an seinen Assistenten Pichler, der ihm in der Wirtsstube entgegen kam.

»Ich glaube, es ist deshalb nicht eingeheizt, weil heute Sperrtag ist«, lautete Pichlers Antwort. »Sonntags ist hier geschlossen. Die Putzfrau hat den Toten gefunden.«

Doblhofer nickte mürrisch. Ja, es war schwer, am Sonntag ein gutes Restaurant zu finden, das offen hatte. »Wissen wir schon, wer der Tote ist?«, fragte er.

Pichler nickte. »Giulio Campostrini. 62 Jahre alt. Ihm gehört die Pizzeria. Aber nicht nur die, sondern das gesamte Haus. Er bewohnt den ersten Stock, sein Sohn und dessen Frau den zweiten Stock.«

Dass eine Pizzeria so viel abwarf, dass man sich davon ein Haus leisten konnte, wunderte Doblhofer. »Und?«, fragte er daher ein wenig skeptisch. »Alles legal erworben?«

»Na ja«, antwortete Pichler, den Kopf wiegend. »Ich bin ja in der Gegend hier aufgewachsen, und in den 1980er-Jahren waren die Campostrinis schon etwas zwielichtige Größen, die nicht nur durch Pizzabacken zu ihrem Geld gekommen sind.«

»Interessant. Weil Sie sagen ‚die Campostrinis' – gibt es mehrere von ihnen?«

»Nun, es waren zwei Brüder«, berichtete Inspektor Pichler. »Giulio und Luigi. Die zwei haben sich vor etwa zehn Jahren zerstritten und waren seitdem einander spinnefeind. Todfeinde sozusagen.«

Doblhofer hob interessiert die Augenbrauen. »Fehlanzeige«, warf Pichler ein. »Luigi ist schon vor ein paar Jahren verstorben. Eines natürlichen Todes übrigens.«

»Und? Hinterließ er Kinder, die den Bruderzwist fortgeführt haben?«

»Zwei Söhne«, zeigte sich der Polizeibeamte auch darüber informiert. »Sie betreiben in Favoriten gemeinsam einen Second-Hand-Plattenladen. Den ›Alex & Andy Record-Store‹. Kann schon sein, dass sie die Familienfehde weiterführen.«

»Hm. Und der Sohn des Ermordeten?«

»Luciano Campostrini.«

»No na, Pavarotti. Wie war sein Verhältnis zum Vater?«

»In letzter Zeit schlecht, denn der gute Luciano erlaubte sich zu heiraten.«

»Aha. Und der Herr Papa war mit seiner Schwiegertochter nicht einverstanden?«

»Erraten. Vor allem mit ihrer Herkunft.«

»Aha. Wo kommt sie denn her? Aus der Türkei? Aus Albanien? Vom Mond?«

»Aus Österreich«, sagte Pichler. »Luciano Campostrini hat sich erlaubt, eine Österreicherin zu heiraten. Andrea Huber, nunmehr verehelichte Campostrini. Noch dazu eine ehemalige Kellnerin der Pizzeria.«

»Diese Heirat hat seinen italienischen Stolz offenbar sehr verletzt«, stellte Doblhofer fest.

»Ja. Der Alte hat seine Schwiegertochter auch immer nur abfällig ›L'Austriaca‹ – ›Die Österreicherin‹ genannt. Weiß ich alles von der Putzfrau, die den Toten gefunden hat.«

»*Österreicher* als Schimpfwort, so weit sind wir also schon«, brummte Doblhofer. »Wie wurde er denn ermordet?«

»Erstochen. Mit einem Messer, wie sie haufenweise in der Küche herumliegen.«

»Warum war er denn eigentlich in der Pizzeria, wenn sie doch geschlossen war?«

»Sonntags brütet er immer über den Büchern. Unter der Woche ist so viel zu tun, dass er für die Finanzen keine Zeit hat, und denen widmet er sich dann am Sonntagvormittag.«

»Und da er dies wahrscheinlich allein tut und diesen Umstand wiederum alle in seinem Umfeld wissen, war es für den Mörder ein Leichtes …«

»*Mörderin*«, unterbrach ihn Pichler und Doblhofer sah ihn verwundert an. »Mörderin«, wiederholte Pichler daher. »Die Kollegen holen die Schwiegertochter soeben von ihrer Wohnung ab.«

»Also, das ist doch …«, Doblhofer war fassungslos. »Sie wissen schon, wer ihn umgebracht hat!?«

»Ja, ich vergaß zu erwähnen, dass Campostrini durch den Messerstich zwar tödlich verwundet wurde, aber nicht sogleich tot war. Es gelang ihm noch, den Namen des Mörders – beziehungsweise eben der Mörderin – auf ein Blatt Papier zu schreiben.«

»Und das sagen Sie erst jetzt!«, schrie Doblhofer und lief ins Büro, wo die Spurensicherung gerade ihre Arbeit beendet hatte. Sein Blick fiel auf den Mann, der im Tod mit dem Kopf auf den Schreibtisch gesunken war und dem ein Messer in der Brust steckte. Die Hand des Toten, die ebenfalls auf dem Tisch lag, umklammerte einen Kugelschreiber und vor dem Leichnam befand sich ein Blatt Papier – eine Lieferantenrechnung, die der Ermordete offenbar gerade geprüft hatte. Doblhofer entzifferte das Wort, das mit zittriger, unruhiger Schrift dort geschrieben stand: ›ANDREA‹. Er wandte sich an den Kollegen von der Spurensicherung: »Hat wirklich er das geschrieben oder hat man ihm den Kugelschreiber nachträglich in die Hand gedrückt?«

»Ersteres kann ich auf Anhieb natürlich ohne Schriftvergleiche nicht sagen«, antwortete der Beamte, »aber ja, er hat im Zeitpunkt seines Todes tatsächlich den Kugelschreiber in der Hand gehalten. Wenn Sie sich die Winkelstellung der Finger ansehen …«

»Schon gut, keine Details, ich glaub es Ihnen auch so«, unterbrach ihn Doblhofer. In diesem Moment drang Lärm von der Gaststube ins Büro herein. Uniformierte hatten die Schwiegertochter des Ermordeten, Andrea Campostrini geborene Huber, aus ihrer Wohnung im zweiten Stock heruntergeholt. Doblhofer begab sich zu ihnen.

»Ich hab ihn nicht umgebracht!«, rief Andrea. »Sicher, er ging mir mit seinem dauernden Nörgeln auf die Nerven und wir warteten nur darauf, dass er endlich die Leitung der Pizzeria an Luciano übergibt, und es stimmt auch, dass wir gestern Abend in der Pizzeria einen lautstarken Streit hatten …«

»Fein, dass Sie uns alle Ihre Motive gleich freiwillig mitliefern«, sagte Pichler grimmig, doch als er mit dem Satz »Ich verhafte Sie wegen Mordes …« beginnen wollte, wurde er von Doblhofer mit den Worten »Nicht so vorschnell, ich glaube, wir sollten noch einer anderen Spur nachgehen« unterbrochen.

Wen verdächtigt Doblhofer noch?

Lösung: 2. Rätsel-Krimi

Giulio Campostrini lag mit der Familie seines Bruders im Streit. Dessen Söhne heißen Alex und Andy – bzw. Alexander und Andreas – bzw. auf Italienisch: Alessandro und Andrea. Deshalb hält es Doblhofer für möglich, dass der Neffe des Ermordeten der Mörder ist.

ALLES WALZER!

Wenngleich sich Oberinspektor Doblhofer sonst nichts aus dem Opernball machte, saß er dieses Jahr doch gespannt am Donnerstagabend vor dem Fernsehapparat. Sein Interesse galt aber nicht der exquisiten Robe der charmanten Frau Treichl-Stürgkh, nein, seine Nichte Lisa sollte heuer als Debütantin den Ball eröffnen und da war es natürlich Onkelpflicht, quasi live dabei zu sein, wenn seine Nichte zu den Klängen der Fächerpolonaise einzog. Jedoch die Polonaise verklang, diverse Gesanges- und Tanzeinlagen und der allbekannte Ruf »Alles Walzer!« folgten und noch immer hatten die Doblhofers ihre Nichte in der Menge der weiß gekleideten Mädchen nicht erblickt. Doblhofer griff sich das Telefon und rief seinen Bruder an. »Was ist denn mit der Lisa?«, fragte er. »Ich hab sie gar nicht gesehen!«

Lautes jungmädchenhaftes Schluchzen aus dem Hintergrund verriet ihm, dass sich Lisa nicht in der Staatsoper auf dem Ball, sondern zu Hause bei ihren Eltern befand. Der Sachverhalt war schnell erklärt. Am Nachmittag war Lisa bei einer Probe der Eröffnungszeremonie in den Räumlichkeiten von Lisas Tanzschule plötzlich von Durchfall und Erbrechen befallen worden, sodass sie nicht in der Lage gewesen war, bei der Balleröffnung mitzuwirken. Und da ihrer Ansicht nach Sabotage dahintersteckte, betrat Oberinspektor Doblhofer am nächsten Abend in Begleitung von Lisa die Tanzschule. Lisa behauptete, dass ihr jemand ein geruch- und geschmackloses Abführmittel ins Cola getan hatte, um sie schachmatt zu setzen. »Entweder Fiona und Waldemar waren es oder der Eberhard.«

»Und wieso verdächtigst du gerade die drei?«, wollte Doblhofer wissen.

»Eberhard war ursprünglich mein Tanzpartner und ich sollte mit ihm den Opernball eröffnen. Dann haben wir uns aber fürchterlich zerstritten und ich habe darauf bestanden, mit einem anderen zu tanzen, und so ist Eberhard durch Mario ersetzt worden.«

»Und du glaubst, Eberhard hat dich aus Rache schachmatt gesetzt. Gut, und die anderen zwei?«

»Fiona und Waldemar waren das erste Paar auf der Warteliste. Sie haben durch unseren Ausfall profitiert und statt uns den Ball eröffnet.« Mittlerweile waren sie im Tanzsaal angekommen. »Da!«, rief Lisa. »Da sind sie ja!« Sie deutete auf ein Paar. »Und dort ist Eberhard. Na, Eberhard«, rief sie dem jungen Mann verbittert zu, »hast du deine Rache genossen?«

Eberhard bekam einen roten Kopf. »Wie meinst du das?«

»Na, dass du mir ein Abführmittel ins Cola getan hast, damit ich nicht zum Ball kann!«

»Wieso meinst du, dass ich es war?«

»Du musst es gewesen sein! Weißt du, Onkel Otto«, sie wandte sich an Doblhofer und zeigte auf einen runden Tisch mit vier Sesseln, »hier sind wir vor der Probe gesessen. Ich hier« (sie zeigte auf einen Sessel, den Doblhofer für sich insgeheim als ›Sessel 1‹ bezeichnete), »rechts von mir Fiona« (›Sessel 2‹, notierte Doblhofer geistig) »und rechts von Fiona Waldemar« (›Sessel 3‹). »Links von mir saß Mario. Jeder von uns vier hatte ein Glas Cola vor sich stehen, aus dem wir auch schon getrunken hatten, als die Probe begann und wir aufs Parkett mussten. Und ich weiß noch genau, Fiona und Waldemar sind gleichzeitig mit mir vom Tisch weg und nach der etwa halbstündigen Probe auch zeitgleich wieder zurück, sodass also nur Eberhard infrage kommt, dass er mir währenddessen das Abführmittel ins Cola gegeben hat! Er hat nicht mitgetanzt.«

»Ich war es aber nicht!«, rief Eberhard. »Es ist schon richtig, ich war wütend, weil ich von dir abserviert worden bin wie ein räudiger Hund, aber es würde mir nie einfallen … apropos einfallen – gerade fällt mir ein, Fiona hat doch vor der Probe in ihrem Glas ein Pulver aufgelöst!«

»Gegen Kopfweh«, erklärte Fiona, die sich samt Waldemar zu ihnen gesellt hatte und Eberhard giftige Blicke zuwarf. »Und in *mein* Glas wohlgemerkt. Ich hatte rasende Kopfschmerzen und in meinem Handtäschchen habe ich immer ein Aspirin mit …«

»Ja, das stimmt«, bestätigte Lisa. »Ich weiß noch, wie du dich nach rechts gebeugt und aus deinem Tascherl die Tablette herausgeholt und diese in deinem Glas aufgelöst hast. Und du hast dann auch nach der Probe dein Glas vollständig ausgetrunken.«

»Aha«, sagte Doblhofer und wandte sich an Fiona: »Ihr Handtäschchen hing –?«

»Über der Sessellehne«, antwortete Fiona. »Und dann gingen wir, wie Lisa richtig gesagt hat, alle gleichzeitig zur Probe. Nach der Probe setzten wir uns wieder hin, jeder trank sein Cola aus …«

»Und wenig später ging es auch schon los«, sagte Lisa, ersparte es aber allen Beteiligten, Details ihres Leidens – Durchfall, Erbrechen et cetera – zu schildern.

»Tut mir wirklich leid für dich«, behauptete Fiona. »War toll, diesen Opernball zu eröffnen. Dieses Stimmung … Den Lugner habe ich allerdings nicht zu Gesicht bekommen …«

»Das heißt also«, wandte sich Doblhofer an seine Nichte, »du selbst gibst Fiona für die Zeit zwischen dem Verlassen des Tisches und der Rückkehr ein Alibi. Und ihrem Begleiter – Waldemar?«

»Auch. Der ist gleichzeitig mit uns aufgestanden. Fiona hat sich noch schnell die Nase gepudert …«

»Die Lippen nachgezogen«, korrigierte Fiona.

»Was junge Frauen so alles in ihren Handtaschen haben!«, wunderte sich Doblhofer.

»Nein, die Nase gepudert«, beharrte Lisa. »Die Lippen nachgezogen hast du dir, als wir nach der Probe wieder zurück an den Tisch gekommen sind. Ich weiß das, schließlich saß ich links von dir, du hast in dein Täschchen gegriffen, das zwischen uns auf deinem Sessel hing, und da ist Lippenstift zum Vorschein gekommen. Beim Weggehen hast du dir die Nase gepudert. ›Halt mal‹, hast du zu Waldi gesagt und ihm deine Tasche gegeben, dann hast du dir die Nase gepudert, Waldi hat deine Tasche zurückgehängt und dann sind wir alle vier auf die Tanzfläche.«

»Ist ja wohl egal, wann ich was gemacht habe«, sagte Fiona unwirsch. »Tatsache ist, dass ich dir nichts ins Cola getan habe. Und Waldi auch nicht.«

»Trotzdem«, sagte Doblhofer zu Fiona und Waldemar, »solltet ihr zwei euch bei Lisa zumindest entschuldigen.«

Wie kommt Doblhofer darauf, dass Fiona und Waldemar an Lisas Unpässlichkeit schuld sind?

Vor der Probe hing Fionas Handtäschchen *rechts* auf ihrem Sessel, nach der Probe aber *zwischen* Fiona und Lisa, also *links*! Waldemar hat Fionas Täschchen (absichtlich) nicht auf die *rechte* Seite von Sessel *2* (Fionas Sessel), sondern auf die *linke* Seite von Sessel *3* zurückgehängt, sodass sich Fiona bei der Rückkehr zum Tisch nicht auf Sessel 2, sondern auf Sessel 3 – und Lisa ebenfalls um einen Sessel weiter rechts auf Sessel 2 – setzte und Lisa dadurch aus Fionas Glas trank, in dem statt einer Schmerztablette Abführmittel war.

Lösung: 3. Rätsel-Krimi

HOLGERS HANGOVER

Oberinspektor Otto Doblhofer studierte soeben einen Obduktionsbericht, als es leise an seiner Bürotür klopfte. Auf sein »Herein« wurde die Tür langsam geöffnet, ein Mann steckte seinen Kopf ins Zimmer und fragte schüchtern: »Otto, hast du ein paar Minütelchen Zeit für mich?«

»Ja, Holger!«, rief Doblhofer, als er den Mann erkannte. »Mit dir hätte ich am allerwenigsten gerechnet! Komm herein.«

»Stör ich eh nicht?«, fragte Holger. »Und bist du eh allein?«

»Siehst du sonst noch wen außer mir hier im Zimmer?«, entgegnete Doblhofer, dem Holgers Verhalten höchst seltsam vorkam. Holger, sonst ein selbstbewusster Beamter im Außenministerium, war wie verwandelt – kleinlaut, duckmäuserisch, unterwürfig. »Was ist denn los mit dir?«, fragte er daher. »Hast du zu ausgiebig Fasching gefeiert?«

»Mit einer aus dem Ruder gelaufenen Faschingsfete hat es tatsächlich zu tun«, antwortete Holger. »Du, Otto, bleibt unser Gespräch eh unter uns? Nicht, dass es Iris erfährt ...« Iris war seine Frau und die Schwester von Doblhofers Gattin.

»Wieso? Bist du fremdgegangen?«

Holger zuckte zusammen. »Ich weiß es nicht. Möglich.«

»Üblicherweise weiß man so etwas«, hielt ihm Doblhofer vor.

»Nicht wenn man am Aschermittwoch in der Früh in einem Hotelzimmer mit einem Kondom am Du-weißt-schon aufwacht und sich nicht mehr an die vergangene Nacht erinnern kann«, erwiderte Holger gequält.

»O weh«, rief Doblhofer. »Das erinnert mich an ›Hangover‹ – diesen Film, wo vier Freunde Junggesellenabschied feiern und nach einer ereignisreichen Nacht mit einem Baby und einem Tiger in einem Hotelzimmer erwachen, sich aber an nichts erinnern können …«

»Ich kenne den Film«, unterbrach ihn Holger. »Und so ähnlich erging's mir am Aschermittwoch. Zwar ohne Baby und Tiger, aber mein ganzes Geld war weg. Mein Geld und meine Erinnerung.«

»Aha. In welchem Hotel?«

»Im Hotel Rudolfshöhe in der Hütteldorfer Straße.«

Doblhofer lachte auf. »Das ist ein Stundenhotel. Mit wem hast du dich denn dort einquartiert?«

Holger berichtete Doblhofer, dass die Beamten seiner Abteilung im Ministerium nach Dienst den Faschingsdienstag gefeiert hatten, verkleidet und mit viel Alkohol.

»Du verkleidet?«, warf Doblhofer ein.

»Ja. Wir hatten uns alle verkleidet. Ich als Cowboy.« Gegen ein Uhr früh hatte Holger dann noch allein eine Bar am Gürtel aufgesucht und war dort ins Gespräch mit einer attraktiven Blondine gekommen, an deren weiteres Aussehen er sich jetzt aber nicht mehr erinnern konnte. »Und dabei hab ich Idiot mit meinen Geldscheinen herumgewachelt.« Holger hatte dort weiter Alkohol konsumiert und war dann offenbar mit der Blondine in das Hotel gezogen. »Und dort hat sie mir K.-o.-Tropfen in meinen Drink getan, weil ich kann mich an nichts mehr erinnern. Jedenfalls wachte ich gegen neun in der Früh in diesem Zimmer auf – nackt und ohne einen einzigen Euro. Und um auf deine Frage zurückzukommen: Ich weiß nicht, ob ich Sex mit ihr hatte. Das ist auch nicht unbedingt mein Problem.«

»Sondern?«

»Möglicherweise hat diese *Dame* kompromittierende Fotos von mir gemacht, während ich hinüber im Bett lag, und hat nun vor, mich damit zu erpressen ... Wer weiß, was ich ihr alles in meinem Suff erzählt habe ... Meine Karriere ist in Gefahr!« Holger war knapp vor einem Weinkrampf.

»Na, dann wollen wir mal schauen, was wir da machen können«, sagte Doblhofer, schnappte Holger und fuhr mit ihm zu dem Hotel. Er erwartete zwar nicht, dort viele Informationen zu bekommen, denn die Portiere von Stundenhotels waren höchst diskrete Menschen, und auch dieser erinnerte sich zwar an Holger, da er in seiner Kostümierung eine ziemlich auffällige Figur abgegeben hatte, und an eine blonde »Dame« in seiner Begleitung, aber er behauptete, die Dame nicht näher zu kennen und konnte oder wollte sie auch nicht eingehender beschreiben.

»Dann müssen wir in diese Bar«, sagte Doblhofer. Als er, vor dieser angekommen, »Du wartest hier heraußen« sagte, war Holger spürbar erleichtert.

»He, der Dobl-Otto!«, wurde er von der Bardame freudig begrüßt. »Du hast dich aber auch schon lang nicht mehr bei uns anschauen lassen.«

»Hallo, Vicky«, sagte Doblhofer zu der Frau. »Ja, ich bin jetzt in einer anderen Abteilung, da zieht's mich nicht mehr so oft her zu euch. Du, sag mal, eure Blonde ...«

»Ja? Meinst du die Rita?«

»Wie viele Blonde habt ihr denn?«

»Eh nur die Rita.«

»Na, dann mein ich die Rita. Her mit ihr!«

Rita kam. Blond, schlank, vollbusig. Doblhofer konnte sich gut vorstellen, dass Holger da schwach geworden war. »Am Dienstagabend«, sagte er zu der Frau, »Faschingsdienstag, da hast du einen meiner Freunde ausgenommen.«

»Ich?«, spielte Rita den Unschuldsengel. »Wer soll denn das gewesen sein? Und ausnehmen – ich nehm doch keine Männer aus. Ich nehm sie vielleicht mit ins Séparée, wenn sie mich lieb bitten, aber ich nehm sie doch nicht aus!«

»Da war nichts mit Séparée«, widersprach Doblhofer. »Mein Freund hat nicht nur ein bisschen zu viel getrunken, sondern auch deutlich zu viel mit seinen Geldscheinen herumgewedelt, da hast du dir gedacht, du nimmst ihm alles ab und weil das hier nicht geht, bist du mit in die ›Rudolfshöhe‹ ...«

»Aber, Herr Inspektor, ich doch nicht!«, wehrte Rita ab. »Ich habe die ganze Nacht dieses Lokal nicht verlassen! Und ich war noch nie in einem Stundenhotel!«

Doblhofer fuhr fort: »Dort hast du ihm K.-o-Tropfen eingeflößt und als er eingeschlafen war, hast du ihm sein Faschingskostüm ausgezogen und dich mit seinem Geld aus dem Staub gemacht.«

Rita vergaß nun ihre Freundlichkeit und machte eine obszöne Handbewegung. Mit veränderter Stimme sagte sie: »Und wie willst du mir das beweisen, du Klugscheißer? Gibt's vielleicht ein Foto einer Überwachungskamera von der ›Rudolfshöhe‹, das mich mit deinem besoffenen Cowboy zeigt? Solange du keine handfesten Beweise hast, kannst du mich mal ...« Es folgten ein paar Schimpfworte, die Doblhofer nicht bewusst wahrnahm, denn er wandte sich an die Bardame: »Vicky, du und die Polizei, da gab's immer ein gutes Einvernehmen. Wenn du willst, dass das so bleibt, sag der feschen Rita, sie soll das Geld rausrücken, das sie meinem Freund abgenommen hat, und falls sie Fotos gemacht hat, soll sie sie löschen, dann verzichte ich auf eine Anzeige. Sonst komm ich morgen in offizieller Mission wieder ...«

»Aber, Otto, Schatzi, Rita sagt doch, dass sie es nicht war!«
»Ja, das behauptet sie. Sie hat sich allerdings verraten.«

Wodurch hat sich Rita verraten?

Lösung: 4. Rätsel-Krimi

Rita hat sich nicht dadurch verraten, dass sie weiß, dass das Hotel ›Rudolfshöhe‹ ein Stundenhotel ist, das ist in ihrer Branche wohl allseits bekannt. Allerdings bezeichnet sie Holger als ›besoffenen Cowboy‹. Doblhofer hat nur von einem Faschingskostüm gesprochen.

DREI NEFFEN UND LA BOHÈME

Oberinspektor Otto Doblhofer saß im luxuriös eingerichteten Wohnzimmer von Frau Oberregierungsrat Waltraute Schnitzler, die den wackeren Polizeibeamten zu sich gerufen hatte, um ihn über den Diebstahl eines ihrer Gemälde in Kenntnis zu setzen: »Es ist während der ›Bohème‹-Aufführung passiert«, sagte sie.

»Ah, ›La Bohème‹, eine wunderschöne Oper«, warf Doblhofer ein, um seinen Kunst- und Kultursinn unter Beweis zu stellen. »Abgesehen von den berühmten Arien etwa über das eiskalte Händchen ist bemerkenswert, dass die Oper nach ein paar Sekunden Orchestervorspiel gleich mitten im Geschehen beginnt.«

»Ja, ja, ganz recht, kommen wir zum Thema«, wehrte die Oberregierungsrätin Abschweifungen dieser Art ab. »Gestern Nachmittag habe ich im Atelier Beurle – Sie kennen ihn sicher, er ist *der* Experte schlechthin, ach, nicht? – das Gemälde schätzen lassen. Ein Picasso der mittleren Epoche. Eigentlich kein Gemälde, sondern ein ganz kleines, leicht zu stehlendes Bild, ein Bildlein mehr. Nun, ich bin mit dem Auto zu ihm gefahren – zu Beurle natürlich, nicht zu Picasso – und als ich dann wieder nach Hause kam, habe ich dummerweise das Bild im Auto liegen gelassen. Am Abend bin ich dann in die Staatsoper gefahren zu einer Aufführung von ›La Bohème‹ mit Piotr Beczala, diesem wundervollen polnischen Tenor, der seine Karriere in Linz begonnen hat, als es noch kein neues Musiktheater hatte.«

Jetzt schweifen aber Sie ab, dachte sich Doblhofer insgeheim, sagte aber nichts, sodass die Bestohlene ohne Pause fortsetzte: »Zuvor habe ich noch meine drei Neffen abgeholt. Kurz vor der Oper ist es mir wieder eingefallen, dass ja mein Bild noch im Auto war. Ich machte meinen Neffen gegenüber eine Bemerkung, dass ich versehentlich meinen Picasso im Kofferraum liegen gelassen hatte. Ach, ich könnte mich ohrfeigen, dass ich meinen Mund nicht gehalten habe!«

»Wieso? Verdächtigen Sie Ihre Neffen?«, unterbrach Doblhofer den Wortschwall der Oberregierungsrätin.

»Aber natürlich, wen den sonst? Es sind drei lebenshungrige junge Männer, die mit ihrem Geld nie auskommen. Ein solcher Wertgegenstand kam ihnen gerade recht.«

»Aber wie sollen die drei – oder auch nur einer von den dreien – Ihnen das Bild gestohlen haben?«

»Nun, wir hatten verschiedene Logen. Jeder der drei kann sich vor Beginn der Oper oder während der Vorstellung weggeschlichen, das Bild aus dem Kofferraum genommen und in seine Anzugtasche gesteckt haben.«

»Und wie kam er zum Schlüssel zu Ihrem Auto?«

Hier hatte die Garderobenfrau eine zweckdienliche Beobachtung gemacht. Sie konnte sich an die drei Herren in Begleitung der Dame noch gut erinnern und dass dieser, gerade als sie beim Stiegenaufgang zu den Logen waren, ein Schlüssel aus der Tasche fiel. (Die Frau Oberregierungsrat hatte in ihrer Handtasche nach der Eintrittskarte gesucht.) Während die Frau es nicht merkte, hob einer der drei Männer den Schlüssel auf und steckte ihn selbst ein. Nur welcher der drei es gewesen war, konnte sie nicht angeben, da sie sie nur von hinten gesehen hatte und alle drei gleich aussahen. Die gleiche Statur, die gleiche Größe, der gleiche Frack … »Selbst die gleiche Haarfarbe und den gleichen Haarschnitt haben meine drei Neffen«, sagte Frau Schnitzler. »Nein, es ist der Garderobenfrau kein Vorwurf zu machen, dass sie sie von hinten nicht auseinanderhalten konnte.«

Den Diebstahl hatte Frau Schnitzler erst zu Hause bemerkt, nachdem sie ihre Neffen bereits abgesetzt hatte. Und in den Besitz des Autoschlüssels war sie in der Pause der Vorstellung wieder gelangt, als alle vier sich im Buffet zu einer Flasche Sekt getroffen hatten. Plötzlich lag da der Schlüssel auf dem Tisch. Sie wunderte sich zwar, wie er dorthin kam, maß dem aber keine sonderliche Bedeutung bei.

Die Frau Oberregierungsrat hatte ihre drei Neffen selbst schon mit ihrem Verdacht konfrontiert. Wie nicht anders zu erwarten, hatten alle drei geleugnet, das Bild gestohlen zu haben. Und auch nun, vor Oberinspektor Doblhofer, beteuerten sie ihre Unschuld. Gotthilf erschien hierzu als Erster.

»Wenn ich gewusst hätte, dass es von Wichtigkeit sein würde, hätte ich mir die Namen der Leute, die sonst noch in meiner Loge saßen, geben lassen. Die können bezeugen, dass ich die Vorstellung nicht verlassen habe.«

»Wie hat Ihnen die Oper denn gefallen?«

»Na ja. Ich mag eigentlich keine Opern, ich bin mehr ein Hansi-Hinterseer- und Helene-Fischer-Freak. Aber wenn man schon Karten bekommt … Mich stört, dass die immer in der Originalsprache singen müssen. Außer ›amore‹ und ›vino‹ verstehe ich leider kein Wort Italienisch. Da lob ich mir den Hansi Hinterseer, der singt immer Deutsch. Aber immerhin war die Angelegenheit von kurzer Dauer. Nach knapp zweieinhalb Stunden inklusive Pause war es vorbei. Tantchen hat uns vor Jahren mal in die ›Meistersinger‹ von Wagner beziehungsweise von Nürnberg geschleppt, das hat vielleicht gedauert … grässlich …«

Als Nächster erschien Albert, der ebenfalls behauptete, die Vorstellung nicht verlassen zu haben: »Ich mache mir zwar nichts aus Opern, aber ich habe ›La Bohème‹ vom ersten bis zum letzten Takt gehört, von dieser grandiosen Ouvertüre bis hin zum traurigen Finale.«

»Ah, ja?«

»Am besten hat mir diese Tenorarie im ersten Akt gefallen. Wie eiskalt ist dies Händchen. Dabei war es zum Schwitzen heiß im Theater. Na, und das Liebesduett …« Er versuchte, es anzusingen, bekam die Melodie aber stimmlich nicht in den Griff. »Dideldü, ach was weiß ich, schön war's halt.«

Auch der letzte Neffe – Bodo – schwärmte von der Musik, wenngleich er gegen die Inszenierung Einwände hatte: »Diese modernen Regisseure verhunzen wirklich jedes Stück. Worin da der Sinn bestehen soll, Opern wie ›La Bohème‹, die ja um 1900 spielt, in die Gegenwart zu transponieren, da fragen Sie mich zu viel.«

»Ah, eine moderne Regie?«

»Ja, leider. Der Poet Rudolf als Zeitungsreporter mit einem Handdiktiergerät, der Maler Marcel malt surrealistisch mit einem Tablet, und die Näherin Mimi ist eine türkische Gastarbeiterin. Schrecklich. Aber wenn sie dann im letzten Akt mit dem Muff in der Hand stirbt, kann nicht einmal eine solche Regie die herrliche Musik umbringen.«

Anschließend begab sich der Oberinspektor zur Frau Oberregierungsrat zurück.

»Na, haben Sie den Schuft schon überführt?«

»Ich glaube schon. Einer Ihrer drei Neffen hat nämlich eine Bemerkung gemacht, aus der ich schließe, dass er nicht die gesamte Vorstellung gesehen hat.«

Wen hat Doblhofer in Verdacht?

Lösung: 5. Rätsel-Krimi

Wenn Albert ›La Bohème‹ wirklich von Anfang an gesehen hätte, wäre ihm sicher aufgefallen, dass diese Oper gar keine Ouvertüre hat!

DER DOPPELGÄNGER

Hofrat Haymo Ruttensteiner, der oberste Vorgesetzte von Oberinspektor Otto Doblhofer, hatte diesen in sein Büro bestellt. Normalerweise wurde das Chefbüro von gewöhnlichen Polizeibeamten nur in seltenen Ausnahmefällen betreten und zumeist bedeutete der Besuch dieses Büros auch nichts Gutes für den Besucher, doch in diesem Fall war der Hofrat ganz offensichtlich ratlos und rannte verstört in seinem Zimmer herum, während Doblhofer auf dem Ledersessel ruhend seinen Ausführungen lauschte.

»Doblhofer, Sie kennen doch den Peep-Show-Charly. Ein Zuhälter mittlerer Größenordnung. An und für sich nicht recht auffällig, aber ein Auge muss man ja doch haben auf diese Burschen. Na, und daher wissen wir, dass da eine jahrelange Fehde besteht zwischen dem Peep-Show-Charly und dem Striptease-Larry.«

»Ja, das ist auch mir bekannt. Die beiden können sich bis auf den Tod nicht ausstehen.«

»Genau. Bis auf den Tod. Nun, Doblhofer, gestern wurde Striptease-Larry ermordet. Am helllichten Tag erschossen.«

»Tatsächlich? Und wer war es? Peep-Show-Charly?«

»Das ist es ja. Er war es – und er kann es doch nicht gewesen sein.«

»Das versteh ich nicht, Herr Hofrat.«

»Ich auch nicht, Doblhofer. Das ist es ja, was mich so verzweifelt macht. Doch hören Sie weiter. Striptease-Larry betreibt ja am Gürtel sein Puff.«

»Offiziell ist es eine Bar, Herr Hofrat«, wandte Doblhofer schmunzelnd ein.

»Ja, ja, wenn Sie es sagen, eine Bar.«

In diese ›Bar‹ war gestern Vormittag um Punkt elf Uhr ein Mann spaziert, hatte die Waffe auf Striptease-Larry angelegt und abgedrückt und war dann kommentarlos wieder gegangen. Die Zeugen des Vorfalls – um diese Zeit befanden sich in der Bar lediglich ein Kellner und die Putzfrau – hatten den Mann eindeutig und ohne jeden Zweifel als Peep-Show-Charly identifiziert. Der Kellner war früher selbst als Zuhälter tätig gewesen und kannte Peep-Show-Charly, die Putzfrau war zufälligerweise eine ehemalige Nachbarin von Charly.

»Na also!«, rief Doblhofer. »Es war Peep-Show-Charly!«

»Eben nicht! Charly kann es nicht gewesen sein. Er hat ein Alibi für die Tatzeit.«

»Ach, Alibi«, sagte Doblhofer geringschätzig. »Wird ihm halt irgendeiner seiner zwielichtigen Kumpane ein Alibi verschafft haben …«

»Nun, wenn Sie uns als zwielichtig bezeichnen wollen, Doblhofer …«

»Uns? Was wollen Sie damit sagen, Herr Hofrat?«

»Wir selbst sind Charlys Alibi! Denn exakt zur Tatzeit wurde Charly hier in diesem Gebäude zwei Stockwerke tiefer von zwei Kollegen – also *unsere* Kollegen, nicht seine – als Zeuge zu einer Schlägerei in seiner Peep-Show vernommen! Charly kann es nicht gewesen sein!«

Es gab auch keinen Zweifel hinsichtlich der Uhrzeiten. Für Punkt halb elf war Charly bestellt worden, ein paar Minuten danach tauchte er in der Wachstube auf, eine geschlagene Stunde wurde er ohne Unterbrechungen befragt und um etwa halb zwölf wieder entlassen. Und um elf, während er unten bei den Kollegen saß, wurde einige Kilometer entfernt Striptease-Larry in seinem Lokal erschossen.

»Nun, das klingt ja wirklich wie Science Fiction, Herr Hofrat. Charly, der sich verdoppelt hat. Ein Klon. Der eine

Charly bringt den Zuhälter-Rivalen um, während der andere Charly von der Polizei ein paar Fragen gestellt bekommt. Das ist das beste Alibi, das es gibt.«

»Genauso ist es. Ich weiß nicht weiter. Darum hab ich Sie kommen lassen, mein lieber Doblhofer. Sie mit Ihrem Spürsinn …«

»Hm, verdoppeln und gleich ausschauen. Das lässt mich an Zwillinge denken. Hat Charly einen Zwillingsbruder?«

»Nicht dass ich wüsste. Aber lassen Sie mich in den Akten nachschauen, da sind die Generalien inklusive Geburtsjahre vermerkt. Ja, hier steht es. Charly ist 1980 geboren. Er hat eine jüngere Schwester, Stefanie, geboren 1984, und einen älteren Bruder, Alfred, geboren 1979.«

»Die Zwillingsbruder-Theorie scheidet also aus. Dass er einen Doppelgänger hätte, kann ich nicht glauben. Und eine Maske, die so echt wirkt … Ich möchte einmal mit der Putzfrau, seiner ehemaligen Nachbarin sprechen.«

Diese war rasch zur Stelle und entpuppte sich als redelustige resolute Frau Mitte 50, auf deren Wort etwas zu halten war: »Wenn ich Ihnen sage, Herr Oberinspektor, dass es der Charly war, dann war es der Charly. Es ist noch gar nicht lange her, da hat er etwa ein Jahr lang Tür an Tür mit mir gewohnt, in Kagran war das. Ja, ich kenne den Charly, und was wahr ist, muss wahr bleiben, auch wenn es mir ja leidtut, das sagen zu müssen, dass er den Mann erschossen hat. Noch dazu, wo ich auch seine Mutter gekannt habe. Haben Sie gewusst, dass er ein Neujahrsbaby war? Besonders weil er ein Neujahrsbaby war, dessen Foto in alle Zeitungen kam. Aber das ist lange her.«

Doblhofer hatte das nicht gewusst. Als er in sein Büro zurückgekehrt war, besprach er mit einem Kollegen die Sache und brachte dabei das Gespräch auf Charlys älteren Bruder.

Dieser hatte laut Ermittlungen der Polizei schon vor zehn Jahren Europa den Rücken gekehrt und lebte jetzt in Australien, angeblich Schafe züchtend. Doblhofer ließ nicht locker und schickte eine Anfrage nach Australien, die im Zeitalter modernster Nachrichtenübermittlungstechnik rasch beantwortet war und ergab, dass Charlys Bruder Alfred vor wenigen Tagen Australien mit dem Flugzeug verlassen hatte, Zielflughafen Wien-Schwechat.

»Charlys Bruder ist also wieder im Lande«, sagte der Hofrat nachdenklich. »Aber was bringt uns das, Doblhofer?«

»Meine Vermutung, Herr Hofrat, ist die, dass Charly seinen Bruder dazu engagiert hat, Striptease-Larry zu ermorden. Für die Zeit des Mordes brauchte er natürlich ein perfektes Alibi und das lieferten wir ihm, als wir ihn für halb elf vorluden. Er wusste genau, dass er um elf noch vernommen werden würde und vereinbarte mit seinem Bruder Punkt elf Uhr als Tatzeit. Aber selbst bei einem perfekten Alibi war er noch nicht außer Verdacht, denn Mörder kann man kaufen und Morde bestellen. Seiner Ansicht nach wäre der perfekte Mord, wenn er selbst als Mörder identifiziert würde, obwohl er es selbst auf gar keinen Fall gewesen sein konnte. Die dadurch entstehende Verwirrung wollte er sich zunutze machen.«

»Das glaub ich Ihnen ja alles, Doblhofer. Aber wie schafft es der Bruder, genauso auszusehen wie er? Schließlich sind sie keine Zwillinge. Sein Bruder ist ein Jahr früher geboren!«

»Und doch sind sie Zwillinge!«

Wie kommt Doblhofer darauf, dass die beiden – trotz unterschiedlicher Geburtsjahre – doch Zwillingsbrüder sind?

Lösung: 6. Rätsel-Krimi

Charly war ein Neujahrsbaby, ist also am 1. Januar 1980 geboren, kurz nach Mitternacht, und sein älterer Zwillingsbruder wenige Minuten vor Mitternacht, also noch am 31. Dezember 1979.

KEINER SCHLAFE

Oberinspektor Otto Doblhofer saß in seinem gemütlichen Heim mit seiner Frau im Wohnzimmer vor der Stereoanlage und ruhte sich von den Strapazen eines harten Arbeitstages bei Opernmusik aus. Als es klingelte, begab sich die Frau des Kriminalbeamten zur Wohnungstür, um den späten Besucher einzulassen, und kehrte bald darauf mit einem alten, weißhaarigen, gebückt gehenden Herrn zurück. Der Oberinspektor schaltete den CD-Player aus.

»Nein, lassen Sie doch, liebster Doblhofer!«, rief der Besucher. »Diese Arie aus Puccinis ›Turandot‹ – ›Nessun dorma‹ oder auf Deutsch ›Keiner schlafe‹ – ist eine meiner Lieblingsarien. Pavarotti, wenn ich nicht irre?«

»Ganz recht, Herr Professor. Pavarotti.«

»Mit dieser Arie, die er 1990 zur Eröffnung der Fußball-Weltmeisterschaft gesungen hat, kam Pavarotti sogar in die Charts. Und diesem englischen Möchtegerntenor Paul Potts verhalf sie zu Berühmtheit, weil er mit ihr eine Castingshow gewonnen hat.«

»Ja. Eine sehr bekannte Arie, 1926 – schon nach dem Tod Puccinis – erstmals aufgeführt. Aber was verschafft mir die Ehre Ihres Besuchs? Sie scheinen besorgt?«

»Das bin ich auch. Sie wissen ja, Doblhofer, dass ich in meiner aktiven Zeit Professor für Musikwissenschaften war und die hierzulande wohl bedeutendste Caruso-Sammlung besitze. Schon seit meiner frühesten Jugend schwärme ich für Caruso und im Laufe meines langen Lebens habe ich alle Unterlagen über ihn zusammengetragen, deren ich habhaft werden konnte. Zeitungsberichte aus seiner Zeit, Briefe, Fotos, natürlich eine Unmenge an Schallplatten, Schellacks …«

»Ja, Herr Professor. Ich kenne Ihre Sammlung. Sie muss für Sammler von unschätzbarem Wert sein.«

»Ganz richtig. Sie ist ein Vermögen wert. Es sind überaus kostbare Stücke darunter ... Ach, mein geliebter Enrico Caruso! So jung gestorben. Mit nicht einmal 50 Jahren.«

»1921, wenn ich mich nicht täusche«, protzte Doblhofer mit seinem Wissen.

»Bravo, Doblhofer!«, lobte der Professor. »Sehr gut, setzen. Aber gut. Mittlerweile bin ich in einem Alter, in dem man Vorsorge für die Zeit nach dem Ableben trifft. Wie Sie wissen, bin ich Witwer und kinderlos und habe auch keine anderen nahen Verwandten, nur einen Neffen entfernteren Grades, der in seinem Leben von Enrico Caruso noch nichts gehört hat und Caruso wohl für eine Katzenfuttermarke hält. Da vermache ich meine Sammlung lieber einem Außenstehenden, der sie zu schätzen weiß.«

»Das ist sicher vernünftig. Und haben Sie schon jemanden gefunden?«

»Nun, es gibt da einen Herrn Kösting, aber ich weiß nicht recht, wie ich mit ihm dran bin. Sicher, auf den ersten Blick scheint er kompetent, und er behauptet, selbst auch eine, wenn auch bescheidene, Caruso-Sammlung zu besitzen, aber ich werde den Verdacht nicht los ...«

»Dass er es nur auf den materiellen Wert Ihrer Sammlung abgesehen hat?«

»Genau so ist es. Und darum bin ich bei Ihnen, Doblhofer! Ihr phänomenaler Spürsinn ist allgemein bekannt. Sie werden mit einem Blick erkennen, ob dieser Kösting würdig ist, meine Caruso-Sammlung zu bekommen, oder ob er es nur auf deren finanziellen Wert abgesehen hat. Heute Abend will er mich wieder besuchen, und da hab ich an meine Wohnungstür einen Zettel gegeben, dass ich hier bei

Ihnen bin und dass er mich hier abholen soll. Bitte, Doblhofer, helfen Sie mir!«

In diesem Moment klingelte es auch schon und die Frau des Oberinspektors ging öffnen. Mit einem großen kahlköpfigen Mann im Schlepptau kehrte sie bald darauf zurück. Nach der allgemeinen Begrüßung ergriff Doblhofer sogleich die Initiative: »Wir waren soeben dabei, uns Tenorarien anzuhören. Nicht von Caruso, denn von dem besitze ich keine CD, und Schellacks kann mein Plattenspieler nicht abspielen. Sie selbst besitzen sicherlich viele Caruso-Aufnahmen?«

»Ja. Mehrere Dutzend. Darunter auch einige seiner frühesten Aufnahmen, die er zu Beginn des 20. Jahrhunderts für die ›Gramophone Company‹ gemacht hat.«

»Haben wir nicht eine Langspielplatte mit den großen Tenören des 20. Jahrhunderts?«, warf Frau Doblhofer ein. »Da müsste doch eine Aufnahme von Caruso dabei sein?«

»Ja, such sie doch mal. Wir haben uns soeben die Arie des Kalaf aus Puccinis ›Turandot‹ angehört. Mit Pavarotti.«

»Keiner schlafe«, stimmte Herr Kösting die Melodie an. »Ja, Pavarotti singt das recht schön, mit einem phänomenalen hohen h. Aber kein Vergleich mit Caruso. Wenn Sie sich dessen Interpretation anhören, die baritonale Färbung seiner Stimme …«

»Wie gesagt, besitze ich leider keine Schellacks. Sie haben seine Aufnahme dieser Arie?«

»Aber freilich. Natürlich nicht hier. Ich habe meine Sammlung zu Hause gelassen. Ich habe dem Herrn Professor selbstredend angeboten, sie sich anzusehen, damit er sich überzeugen kann, dass ich dazu berufen bin, seine Sammlung würdig weiter zu bewahren, aber der Herr Professor wollte die Strapazen der Reise nicht auf sich nehmen.«

»Es wären fast 500 Kilometer mit dem Auto, und das möchte ich mir in meinem Alter nicht mehr antun.«

Mittlerweile hatte Frau Doblhofer die Platte gefunden und aufgelegt, und es erklang Enrico Carusos Stimme mit der Arie ›La donna è mobile‹ mono aus den Lautsprechern.

»Der Herzog in Verdis ›Rigoletto‹ war Carusos Antrittsrolle an der Metropolitan Opera in New York«, erläuterte Kösting. »Äh, Herr Professor, wollten Sie mir nicht heute die Grundzüge Ihrer Archiv-Verwaltung erklären?«

»Oh, ja, ja. Deswegen sind Sie ja gekommen. Äh, Doblhofer …?«

Der Oberinspektor sprang hilfreich ein, gab vor, den Professor noch kurz sprechen zu wollen, und Herr Kösting wurde vorausgeschickt. Noch während er von Frau Doblhofer hinausbegleitet wurde, rief der Professor beschwörend: »Nun, Herr Doblhofer, was sagen Sie? Haben Sie sich ein Bild machen können?«

»Ja, das hab ich. Ich glaube, dass dieser Herr Kösting zwar anhand von Büchern allerhand über Caruso gelernt hat, aber ob er tatsächlich würdig ist, Ihre wertvolle Sammlung zu bekommen, daran hab ich so meine Zweifel. Er hat nämlich eine Bemerkung gemacht, die einfach nicht stimmen kann.«

Aus welcher Bemerkung schließt Doblhofer, dass Kösting ein Schwindler ist?

Lösung: 7. Rätsel-Krimi

Kösting hat behauptet, er besitze eine Caruso-Aufnahme der Arie aus ›Turandot‹. Nun wurde Puccinis letzte Oper 1926 uraufgeführt. Caruso ist aber schon 1921 gestorben. Er konnte demnach die Tenorarie gar nicht kennen.

DIE VIER KRIMIAUTOREN

»Die zerstückelte, verstümmelte Leiche hing mit dem Kopf nach unten von der Decke des Folterkellers. Ihr war die Zunge aus dem Mund gerissen worden, ein Auge war ausgestochen …«

Oberinspektor Otto Doblhofer unterdrückte mühsam ein Gähnen. Er sah verstohlen zu seinen beiden Kollegen hinüber und merkte, dass auch sie höchst gelangweilt dreinschauten.

Nicht dass der Eindruck entstünde, Doblhofer wäre durch jahrzehntelangen Kampf gegen alle Auswüchse der Kriminalität derart abgestumpft, dass ihm grausig zugerichtete Leichen nur mehr ein fadisiertes Gähnen entlockten, aber wenn ein Kurzkrimi derart langweilig vorgetragen wurde wie soeben vom Krimiautor Clemens Uiz, dann kann einen schon einmal der Schlaf übermannen und wenn noch so viele Leichen von der Decke baumeln.

Doblhofer war eines der drei Jurymitglieder des Kurzkrimiwettbewerbs ›Her mit der Leiche‹, den der Kulturverein Wiener Neustadt Nordost (KVWNNO) zum ersten Mal veranstaltete. Angespornt von den vielen Krimifestivals, die es mittlerweile im deutschsprachigen Raum gab (von der Wiener Kriminacht angefangen über die von der Linzer Krimiautorengruppe ›krimihochsieben‹ alljährlich veranstaltete Linzer Kriminacht bis hin zu diversen anderen Festivals anderer Regionen), hatte der KVWNNO beschlossen, auch eine derartige Veranstaltung auf die Beine zu stellen. Er hatte es sogar geschafft, mit Beate Maxian eine namhafte, kompetente und zugleich charmante Juryvorsitzende zu gewinnen, und auch das weitere Jurymitglied, der Linzer Krimirätsel- und Kriminalromanautor Ernst Schmid, konnte sich sehen lassen.

Dann hatte der Kulturvereinsobmann aber gemeint, einer von der Jury müsse auch von der »Branche« kommen und damit nicht die Leichenbranche, also Totengräber, sondern die Kriminalbeamtenbranche gemeint und über einige seltsame Umwege, die darzulegen hier zu weit führen würde, war Doblhofer in der Jury gelandet.

Nur gut, dass nur mehr vier Teilnehmer im Finale waren. Der Wettbewerb war »deutschsprachraumig« (auch so ein Wort, das der Vereinsobmann kreiert hatte) ausgeschrieben worden, mit Zwischenausscheidungen in Bern (Schweiz), Meßkirch (Deutschland), Vöcklabruck (Österreich) und Terlan (Südtirol), und die vier Landessieger durften nun im Finale in der Bezirkssporthalle vor zahlendem, aber trotzdem begeistertem Publikum ihre jeweils 15-minütigen Kurzkrimis vortragen. Die Österreicherin war am Anfang dran gewesen – im Unterschied zu den anderen drei eine bereits halbwegs bekannte Autorin, die sogar schon drei Bücher veröffentlicht hatte und die wir hier nur Sybille nennen wollen, sonst kriegen wir wieder Post von ihrem Anwalt –, dann der Schweizer Klaus Klauser, nun der Deutsche Uiz, und als Letzter sollte noch der Südtiroler Giuseppe Melarco lesen. Es war etwas seltsam, dass er sich noch nicht eingefunden hatte, in der für die vier Autoren reservierten Sitzreihe saßen nur Sybille und der Schweizer, die – ebenso wie alle Jurymitglieder und 90 Prozent des Publikums – sehnsüchtig darauf warteten, dass endlich die letzte Leiche des Deutschen vom Himmel gefallen war. Sie waren schon sehr gespannt auf Melarco, vorher hatte es nämlich kein Zusammentreffen der vier Autoren gegeben, sie kannten sich bislang nur vom Hörensagen.

Als Uiz endlich am Ende angelangt war und verhältnismäßig schwachen Applaus eingeheimst hatte, rief Beate Maxian »den Letzten der kriminellen Viererbande, den Südtiroler

Giuseppe Melarco« auf. Jedoch niemand erschien und als nach fünfeinhalbminütigem Zuwarten (so sahen es die Statuten des Wettbewerbs vor) sich der Autor noch immer nicht anschauen ließ, erklärte Beate die Lesung für geschlossen, »Zum Ersten, zum Zweiten und zum Dritten«, und zog sich mit ihren männlichen Kollegen in ein Nebenkammerl zur Beratung sowie zu Kaffee und Sachertorte zurück.

»Schon komisch, dass der Melarco nicht zu seiner eigenen Lesung kommt«, meinte Beate nachdenklich. »Für mich war er der Favorit.«

»So?«, warf Ernst Schmid ein, »warum denn?«

»Nun, weil er frischen Wind ins Krimigenre hineinwehen lässt.«

»Inwiefern?«, erkundigte sich Doblhofer, der sich mit Krimiautoren und ihren wehenden Winden nicht so recht auskannte.

»Der Melarco schreibt seine Texte so, dass in jedem Satz alle Wörter dieses Satzes mit demselben Buchstaben anfangen«, erklärte die Juryvorsitzende die persönliche Note des Südtirolers. »Sein letzter Krimi begann mit den Worten: ›Babette Binder, Bruno Bergers brünftige Braut, bedeckte bedächtigen Blickes beide blanken Brüste. Doch der dämliche Detektiv Daniel Drömer deutete der Dame dreist, diese dummen Derbheiten …‹«

»Muss anstrengend sein, so zu schreiben«, meinte Schmid, der es verzog, seine Romane in verständlichem Deutsch zu verfassen. »Vielleicht hat ihn das so mitgenommen, dass er ermattet in seinem Hotelzimmer geblieben ist?«

»Dort schau ich mal nach«, schlug Doblhofer vor. Sein kriminalistischer Spürsinn sagte ihm, dass da etwas nicht stimmte. Und so begab er sich zum Hotel, ließ sich vom Portier die Zimmernummer geben und klopfte an. Ein leises Stöhnen kam als Antwort, daher drückte Doblhofer die Tür auf. Ein Mann lag auf dem Teppich mit einer stark blutenden Wunde am Hinterkopf. Doblhofer eilte dem Mann zu Hilfe. »Was ist passiert?«

Mühsam erhob sich der Südtiroler Krimiautor. Er war um einiges kleiner als Doblhofer, ja er war sogar so klein, dass ihn selbst der argentinische Fußballspieler Lionel Messi um einen halben Kopf überragt hätte, wenn man ihn neben Melarco gestellt hätte (wozu bislang allerdings keine Veranlassung bestanden hatte). Melarco berichtete Doblhofer, dass vor gut zwei Stunden – gerade als er sich für die Veranstaltung zurechtmachen wollte – jemand leise sein Zimmer betreten und ihm von hinten mit einem schweren Gegenstand einen Schlag auf den Hinterkopf versetzt hatte. Nein, leider hatte er nicht mitbekommen, wer ihn auf diese Weise außer Gefecht gesetzt hatte, aber er hatte schon einen Verdacht. Einer seiner drei Konkurrenten musste es gewesen sein, um zu verhindern, dass er – Melarco – seine Geschichte vorlesen konnte, denn den Siegerpreis von 10.000 Euro hätte er nur mehr abholen müssen, ohne jeden Zweifel hätte er seine Konkurrenten vernichtend geschlagen.

»Und so sind *Sie* geschlagen worden«, sagte Doblhofer und übergab Melarco in die Obhut eines Arztes. Dann ging er zurück zu seinen beiden Jurykollegen und erstattete ihnen Bericht. Die Jury beschloss daraufhin mit einfacher Mehrheit, bei der heutigen Lesung keinen Sieger festzusetzen und die Entscheidung zu vertagen. Doblhofer holte die drei Konkurrenten von Melarco herein, um ihnen diesen Beschluss mitzuteilen.

»Wie bitte? Melarco wurde niedergeschlagen? Und der Südtiroler Saukerl meint, es wäre einer von uns gewesen?«, rief Uiz aufgebracht.

»Lachhaft!«, stieß Sybille hervor. »Wozu sollte ich ihn k. o. schlagen? Ich hätte sowieso gewonnen, nicht wahr, Beate?«

»Äh …«

»Sie verdächtigen doch nicht etwa mich?«, warf Klauser ein und als Doblhofer meinte, er könne einstweilen noch überhaupt niemanden ausschließen, sagte er mit stolzgeschwellter Brust: »Wir Schweizer sind nicht erst seit Wilhelm Tell ein stolzes Volk. Wir schlagen uns nicht mit Gegnern, die kleiner sind als wir.«

»Und ich habe ein Alibi für die Zeit vor der Lesung«, sagte Uiz. »Wenn Sie wollen, nenne ich Ihnen den Namen des Etablissements und den Künstlernamen der *Dame …*«

»Und ich sage Ihnen gar nichts«, rief Sybille aufgebracht. »Sie bekommen Post von meinem Rechtsanwalt. Mich zu verdächtigen! Ich habe in meinem Leben noch niemandem wehgetan oder gar umgebracht, außer in meinen Krimis, aber damit verdiene ich mein Geld. Ich wusste doch auch gar nicht, in welchem Hotel Melarco eingecheckt hatte!«

»Gnädige Frau«, sagte Doblhofer, »beruhigen Sie sich und sparen Sie sich den Weg zum Anwalt. Ich glaube ohnehin zu wissen, wer Melarco niedergeschlagen hat.«

Wen verdächtigt Doblhofer?

Lösung: 8. Rätsel-Krimi

Er verdächtigt den Schweizer Klaus Klauser. Denn obwohl sich die vier Finalteilnehmer vor der Lesung noch nicht kennengelernt hatten, weiß er, dass Melarco kleiner ist.

DAS AU-PAIR-MÄDCHEN

Oberinspektor Otto Doblhofer befand sich soeben mit seinem Wagen auf dem Rückweg von der Bezirkssporthalle Wiener Neustadt Nordost in sein Büro, als sich sein Magen mit lautem Knurren meldete und der Oberinspektor bemerkte, wie hungrig er war. Und da war es auf einmal, als ob sich sein Magen mit seinen Augen verbündete, denn in diesem Moment – auf halbem Weg zwischen Traiskirchen und Wiener Neudorf – machten Letztere das Schild mit der Aufschrift ›Gasthof zum Goldenen Ochsen‹ aus. So unterbrach Doblhofer seine Fahrt, huschte in die Gaststätte und bestellte ein Bier und die Speisekarte. Während der Wirt davonschlurfte, um von der Theke die Speisekarte zu holen, betrat eine junge Frau, vielleicht 20 Jahre alt, das Wirtshaus. Sie trug einen Arm in der Schlinge und hatte eine bläuliche Verfärbung am linken Auge, die im Volksmund »Veilchen« genannt wird.

»Oh! Hallo, Maria«, begrüßte sie der Wirt. »Hab schon gehört, dass du wieder im Lande bist. Was ist denn dir passiert?«

»Kleiner Unfall, nichts weiter«, sagte Maria leise.

»So, so«, äußerte sich der Wirt mit nicht zu überhörendem Zweifel in der Stimme. »Ich komm gleich zu dir, nimm erst mal Platz.« Dann wandte er sich Doblhofer zu: »So, der Herr. Hier ist die Speisekarte, das Bier kommt sofort. Das Paprikahuhn könnt ich Ihnen empfehlen.«

»Danke. Ihr ›So, so‹ hat soeben sehr skeptisch geklungen.«

»Tatsächlich? Hat man das gemerkt?«

»Es war selbst für einen Fremden wie mich kaum zu überhören.«

Die Stimme des Wirtes wurde geheimnistuerisch, als er Doblhofer zuflüsterte: »Nun, ich hab auch schon anderes gehört, und das Veilchen in ihrem Gesicht spricht ja wohl Bände.«

»Man würde bei einem blauen Auge wohl zuallererst an einen Schlag ins Gesicht denken«, stachelte Doblhofer den Wirt zum Weiterreden an.

Der Wirt ließ sich nicht zweimal bitten: »Ganz, was ich meine und was ich auch gehört habe. Die Maria war jetzt für gut ein Jahr weg von der Bildfläche, angeblich als Au-Pair-Mädchen in England, na ja …«

»Sie haben da Ihre Zweifel?«

»Meine Frau hat sie mal gesehen, vor einem halben Jahr etwa, als sie in Mödling war. Und da war die gute Maria ziemlich schwanger, wenn Sie verstehen, was ich meine, und in Gesellschaft eines üblen Burschen. Hat sie auf offener Straße geschlagen. Na, und jetzt frag ich Sie, wie schafft das die Maria, gleichzeitig schwanger in der Stadt spazieren zu gehen und als Au-Pair-Mädchen in England zu arbeiten?«

»Sie meinen also, sie ist für ein Jahr von der Bildfläche verschwunden, wie Sie sich ausdrückten, weil sie schwanger war, und jetzt, nach der Geburt des Kindes …«

»Das sie wahrscheinlich zur Adoption freigegeben hat!«

»… ist sie wieder zurück. Und das Veilchen und die Verletzung am Arm hat sie von diesem üblen Burschen.«

»Genau das ist es, was ich meine. Aber offiziell war sie in England. Na ja. Ich bring Ihnen Ihr Bier.«

Mittlerweile hatte Maria an einem Tisch Platz genommen, an dem bereits ein Mann und eine Frau in ihrem Alter saßen. Der Tisch befand sich in Hörweite des Tisches, an dem Doblhofer saß, und wenn Doblhofer auch nicht geradezu lauschte, so kann es einem schwer arbeitenden Polizeibeamten im Oberinspektorenrang wohl nicht verübelt werden, wenn er sich die Zeit des Wartens auf Speis und Trank damit vertreibt, auf seine Umgebung ein wachsames Auge zu haben. Ein wachsames Auge und ein wachsames Ohr.

»Fein, Maria, dass du wieder da bist«, sagte soeben die Frau, und der Mann ergänzte lachend: »Oder müssen wir jetzt Mary zu dir sagen? Weil du ja schließlich in England warst.«

»Wo warst du denn da eigentlich genau?«, fragte die Frau. »Du hast ja die ganze Zeit nichts von dir hören lassen.«

»Ich war in Stratford on Avon. Ich wollt euch ja mal schreiben, aber ich hatte so viel zu tun mit den Kindern der Leute, bei denen ich war.«

»Stratford? Ist das nicht die Stadt, in der Shakespeare geboren wurde?«, fragte der Mann.

»Ja. Genau. Shakespeares berühmter Geburtsort. Es gibt auch viele schöne alte Fachwerkhäuser dort.«

»Und die Leute, bei denen du warst?«, wollte die Frau wissen. »Erzähl mal! Was waren das für Menschen?«

»Er ist Richter in Birmingham und sie hat in der Nähe von London einen Immobilienhandel. Dadurch waren tagsüber immer beide aus dem Haus …«

»Richter, ph! So ein alter, strenger, humorloser …«

»Nein, nein, er war recht nett. Streng schauen die englischen Richter nur durch ihre seltsamen Roben und Perücken aus. Ich durfte ja sogar mit seinem Auto fahren.«

»Und was ist mit deinem Arm passiert und wo hast du das Veilchen her?«, fragte der Mann direkt.

»Das hängt auch mit dem Auto zusammen. Ein Unfall.«

»Ein Autounfall?«

»Ja. Ich war mit den Kindern auf dem Weg nach Birmingham, sie wollten ihren Papa in seinem Büro besuchen, und hab eben einen Traktor überholt, als mir plötzlich ein anderes Auto entgegengekommen ist. Das hatte ich total übersehen. Wir konnten beide nicht mehr ausweichen, sind seitlich aneinandergestoßen und dabei wurde ich verletzt. Auch das Auto bekam einiges ab, die Kinder Gott sei Dank nichts.«

»Da wird der Herr Richter aber keine große Freude gehabt haben«, sagte der Mann.

»Wie er gesehen hat, in welchem Zustand das Auto war – die ganze linke Seite war total kaputt – hat er gemeint, es wär ein Wunder, dass mir nicht mehr passiert wäre. Ich hab ja schon gesagt, dass er recht nett war.«

In diesem Moment brachte der Wirt dem Oberinspektor den Schweinebraten, den er in einer Lauschpause bestellt hatte (dem Paprikahuhn misstraute er doch ein wenig, denn vielleicht sollte die Schärfe des Paprikas das Alter des Huhns überdecken?), und Doblhofer widmete sich ganz dem Essen. Er hatte auch schon genug gehört, um zur Überzeugung gelangt zu sein, dass Maria tatsächlich nicht in England Au-Pair-Mädchen gewesen war.

Aus welcher Bemerkung Marias hat Doblhofer geschlossen, dass ihr England-Aufenthalt nur erfunden war?

Lösung: 9. Rätsel-Krimi

In England gilt Linksverkehr. Wenn Maria mit einem entgegenkommenden Auto seitlich zusammengestoßen ist, muss ihr Fahrzeug die Beschädigung rechts aufweisen und nicht links, wie sie behauptet hat.

DIE ZWEI RECHTSANWÄLTE

Oberinspektor Otto Doblhofer betrat das Buffet des Landesgerichts für Strafsachen, in eingeweihten Kreisen auch »Landl« genannt, und steuerte auf einen Tisch zu, an dem bereits ein in einen teuren Anzug gekleideter Herr mittleren Alters saß. »Gestatten?«, fragte er, und als der Mann beiläufig nickte, setzte er sich zu ihm an den Tisch. Die Buffetbetreiberin trat dazu und wandte sich an den Mann im Anzug: »Haben der Herr Doktor schon gewählt? Gebackene Champignons wären heute im Tagesmenü.«

Der Mann schüttelte den Kopf. »Ich mag keine Schwammerl«, sagte er. »Bringen Sie mir einen Toast, aber ohne diese lästige Salatgarnierung, ich hasse dieses Grünzeug.«

»Gern, Herr Doktor«, sagte die Frau und ging zurück an die Schank.

»Herr Rechtsanwalt Dr. Bramer?«, fragte Doblhofer den Mann.

Der Mann sah auf. »Ganz recht. Kennen wir uns?«

»Bislang noch nicht. Aber Ihr gestriger Prozesserfolg stand ja in allen Zeitungen.«

Der Anwalt nickte geschmeichelt.

»Wobei Sie ja Glück hatten, dass der Zeuge der Gegenseite nicht zur Verhandlung erschienen ist«, fuhr Doblhofer fort. »So fühlte sich Ihr Gegner gezwungen, mit Ihnen einen Vergleich über 5 Millionen Euro abzuschließen. Eingeklagt hatten Sie 10 Millionen, bei einer Aussage dieses Zeugen hätten Sie wahrscheinlich gar nichts bekommen, aber weil der Zeuge offenbar kalte Füße bekommen hatte – das nahm jedenfalls die Gegenseite aufgrund seines Nichterscheinens an –, haben Sie sich in der Mitte getroffen.«

»Was Sie alles wissen«, wunderte sich der Rechtsanwalt. »Das stand ja alles gar nicht in der Zeitung. Waren Sie im Verhandlungssaal anwesend?«

»Nein, war ich nicht. Gerüchten zufolge kassieren Sie 30 Prozent der Gewinnsumme, also 1,5 Millionen, da wundere ich mich, dass Sie sich mit einem Toast begnügen. Noch dazu ohne Salat.«

»Schön langsam werden Sie unverschämt, Herr –«

»Doblhofer. Oberinspektor Doblhofer, Kriminalpolizei. Ihre Sekretärin sagte mir, dass ich Sie um diese Zeit hier im Gerichtsbuffet antreffen würde.«

»Ja? Und? Was wollen Sie von mir?«

»Ein Herr Paul Flötzer hat Anzeige erstattet.«

»Flötzer? Paul Flötzer? Ist das nicht der Zeuge der Gegenseite, der gestern nicht erschienen ist? Eine Anzeige? Aber warum denn?«

»Weil er gestern Mittag in seinem Haus niedergeschlagen und gefesselt wurde. Erst heute in der Früh konnte er sich befreien …«

»Flötzer niedergeschlagen!«, rief der Anwalt. »Aber von wem denn?«

»Das ist eben die Frage«, sagte Doblhofer munter. »Sein gestriges Nichterscheinen kam Ihnen schon sehr gelegen, nicht wahr?«

»Wollen Sie etwa behaupten, ich hätte etwas damit zu tun?«, rief der Anwalt entrüstet. »Passen Sie auf, Herr Oberinspektor, was Sie da sagen!«

»Ich will gar nichts behaupten. Aber Sie werden mir sicherlich die Frage beantworten, wo Sie sich gestern Mittag – um zwölf Uhr – aufgehalten haben.«

Der Anwalt runzelte die Stirn. »Gestern Mittag um zwölf? Ist es da passiert?«

Flötzer, der ziemlich abgelegen fast schon außerhalb von Wien am Kierlinger Forst an einem Waldrand lebte, hatte sich kurz vor zwölf gerade fertig gemacht, um zum Gericht zu fahren, als ein Wanderer mit auffallendem Hut, langem Bart und großem Rucksack (lauter Utensilien, um vom wahren Aussehen abzulenken, wie Doblhofer annahm) geläutet hatte. Als ihm von Flötzer geöffnet worden war, hatte der Mann auch schon zugeschlagen und den Bewusstlosen dann zu einem Paket verschnürt, sodass er nicht rechtzeitig bei Gericht erscheinen und gegen Bramers Mandanten aussagen konnte.

»Ein Wandersmann? Nun, wenn das zu Mittag war, dann scheide ich als schlagkräftiger Wanderer wohl aus«, erklärte Bramer. »Gestern mittags war ich mit einem Kollegen essen.«

»Aha. Mit wem? Und wo?«

»Mit Herrn Mag. Bauer. Wir führen Gespräche über einen Zusammenschluss unserer beiden Kanzleien und da haben wir uns gestern Mittag beim Italiener in der Mariahilferstraße getroffen, um einige Details zu besprechen. Weit weg vom Kierlinger Forst.«

»Was haben Sie konsumiert?«

»Jeweils eine Pizza und ein Achterl Barolo. Und nein, ich kann Ihnen den Beleg nicht zeigen, denn Kollege Bauer hat mich eingeladen.«

Wenig später betrat Doblhofer die von Dr. Bramer angegebene Pizzeria.

»Zwei in Anzüge gekleidete Männer?«, fragte der aus Ägypten stammende Pizzeriabesitzer. »Meinen Sie das ernst? Mein Lokal ist Gott sei Dank gut besucht, zu mir kommen so viele Gäste, ich kann mich nicht an alle erinnern.«

»Aber es war erst gestern«, sagte Doblhofer, »und sie sind offenbar am Fenster gesessen und haben je eine Pizza gegessen und ein Achterl Barolo getrunken.«

»Eine großartige Personenbeschreibung«, witzelte der Restaurantbesitzer. »Eine Pizza gegessen und Rotwein getrunken, das hebt sie natürlich von allen anderen Gästen ab. He, Mustafa! Der Tisch am Fenster ist dein Revier. Kannst du dich an zwei Männer erinnern, gestern Mittag, beide im Anzug?«

»Zwei Männer, die wie Anwälte aussahen«, half Doblhofer aus und tatsächlich konnte sich der Kellner an die zwei Männer erinnern, vor allem, weil der Bärtige, der bezahlt hatte, keinen einzigen Cent Trinkgeld hergegeben hatte.

Der nächste Weg führte Doblhofer zu Rechtsanwalt Mag. Bauer.

»Ihr Kollege Dr. Bramer behauptet, dass Sie gestern gemeinsam Mittagessen waren«, kam Doblhofer gleich zum Thema. »Stimmt das?«

»Wieso wollen Sie das wissen?«, entgegnete Bauer, sich am Bart kratzend.

»Nun, Sie sind sein Alibi«, sagte Doblhofer frei heraus.

»Alibi? Steht er denn unter irgendeinem Verdacht?«

»Können Sie seine Angaben bestätigen?«, wich Doblhofer einer Antwort aus und dachte bei sich, dass der in Aussicht gestellte Einstieg bei einem Kollegen, der soeben 1,5 Millionen Euro Erfolgshonorar kassiert hatte, an dem er als Kompagnon vielleicht mitnaschen konnte, ein ausreichender Grund für eine Lüge und somit ein falsches Alibi sein könnte.

»Natürlich. Wir waren beim Italiener in der Mariahilferstraße. Von Punkt zwölf bis Punkt eins. Wir sind am Fenster gesessen. Ich habe bezahlt. Ich hab mir sogar die Rechnung aufgehoben, weil ich die Kosten als Geschäftsessen steuerlich absetzen möchte.« Er holte sie aus seinen Unterlagen hervor und zeigte sie dem Oberinspektor, der sie aber nur rasch überflog. Schließlich ging aus der Rechnung, die um 12.57 Uhr ausgestellt worden war und die tatsächlich bestätigte, dass ›2 pizze funghi‹ und ›2 Achterl Barolo‹ konsumiert worden waren, nicht hervor, wer die Köstlichkeiten zu sich genommen hatte.

Bei der Rückfahrt ins Kommissariat hatte Doblhofer plötzlich einen Geistesblitz. Ja, Mag. Bauer hatte zwar am Vortag mit jemandem in der Pizzeria zu Mittag gegessen, aber dieser Jemand war nicht Dr. Bramer gewesen!

Was veranlasst Doblhofer zu dieser Annahme?

Auf der Rechnung sind ›2 pizze funghi‹ – also mit Pilzen – verrechnet. Bramer mag aber (wie er der Betreiberin des Gerichtsbuffets erklärt hat) keine Schwammerl. Er hätte sich also nie eine ›pizza funghi‹ bestellt.

TOD IM ERDBEERFELD

»Na, Herr Oberinspektor, Gusto auf ein paar frisch gepflückte Erdbeeren?«

Oberinspektor Otto Doblhofer schüttelte den Kopf. Nicht, weil er Erdbeeren nicht mochte, aber dass sein Assistent Pichler dermaßen gut gelaunt war, wenn wenige Meter von ihm entfernt quasi mitten in der Lobau eine Leiche im Gras lag, das wunderte ihn dann doch ein wenig …

»Wissen wir schon, wer der Tote ist?«, fragte Doblhofer, während er das Erdbeerfeld durch das Tor betrat.

»Ich schon, aber Sie noch nicht«, sagte Pichler, der heute offenbar seinen witzigen Tag hatte.

»Und – verraten Sie es mir? Oder muss ich es morgen in einer Gratiszeitung lesen?«

»Nein, nein, ich sag's Ihnen schon. Der Ermordete ist ein gewisser Berti Schubert.«

»Aha. Und? Soll mir der Name etwas sagen?«

»In seiner Heimatgemeinde ist er nahezu ein weltberühmter Fußballspieler«, behauptete Pichler. »Weiß ich von seinem Trainer. Das ist der Mann, der dort vorne neben dem Toten kniet.«

»Ist er dermaßen vom Tod seines Spielers betroffen?«, fragte Doblhofer.

»Nein, ich glaube nicht. Für mich sieht es eher so aus, als ob er ein paar Erdbeeren isst.«

Doblhofer ging den Hauptweg entlang, der das Erdbeerfeld in zwei Teile zerschnitt und bog dann nach rechts ab, wo ihm eine Frau entgegen gelaufen kam.

»He, Sie! Sind Sie der Kommissar?«, fragte sie ihn unfreundlich.

Doblhofer ersparte es sich, der Frau mitzuteilen, dass es in Österreich keine Kommissare gab, sondern nickte nur und fragte: »Und Sie sind –?«

»Gruber«, stellte sich die Frau vor. »Antonia Gruber. Ich betreibe das Erdbeerfeld hier. Könnten Ihre Leute vielleicht etwas rascher arbeiten, insbesondere den Toten abtransportieren lassen, ich möchte dann endlich aufsperren und die Leiche ist nicht unbedingt ein Renommee für mein Erdbeerfeld.«

»Frau Gruber hat den Toten gefunden«, erklärte Pichler. »Sie kommt immer schon ein, zwei Stunden vor dem Aufsperren auf das Feld …«

»Ja, um Erdbeeren zu pflücken, die dann in Kisteln an Leute verkauft werden, die zu faul sind, sich selbst zu bücken«, erklärte Frau Gruber, »und wie ich da zu der Fahne gegangen bin, die anzeigt, wo angeblich die besten Früchte sind, um sie umzustecken – ich sag ›angeblich‹, weil ich die Fahne immer an einem x-beliebigen, völlig willkürlichen Ort hineinstecke, aber die Leute freut das, wenn man Ihnen vorgibt, wo sie pflücken sollen, aber was wollte ich jetzt eigentlich sagen …«

»Irgendetwas mit Ihrer Fahne …«, half Doblhofer aus.

»Ach ja, als ich zur Fahne bin, hab ich ihn gefunden.«

Mittlerweile waren sie bei der Stelle angelangt, wo eine rote Fahne in den Boden gesteckt war. Genau gesagt steckte sie nicht direkt im Boden, sondern in der Brust eines jungen Mannes, der mitten in den Erdbeeren lag und dessen reichlich aus der Wunde geflossenes Blut mit dem Rot der Erdbeeren und dem Rot des Fußballertrikots, in das er gekleidet war, farblich wetteiferte.

»Zunächst hat er einen Schlag ins Gesicht bekommen«, sagte der Gerichtsmediziner, der die Leiche begutachtet hatte und an einer Erdbeere kaute. »Sehen Sie die Rötung am Kinn?

Und als er dann am Boden lag, wurde ihm die Stange in die Brust gerammt. Sie hat sein Herz durchstoßen und ihn förmlich auf den Boden gespießt. Muss ein ziemlich kräftiger Kerl gewesen sein – also der Täter, nicht das Opfer. Und weil Sie mich das gleich fragen werden: Der Tod trat knapp vor Mitternacht ein. Ich tippe auf 23.46 Uhr plus minus ein paar Minuten.«

»Danke, Doc«, sagte Doblhofer und wandte sich wieder an Pichler: »Und woher wissen wir, wer er ist?«

»Er? Das ist der Gerichtsmediziner. Er hatte einen Ausweis dabei und einen Doktorkoffer …«

»Nein, der Tote!«

»Ach, der! Nun, da er ein Sportlerdress anhat und ich weiß, dass in der Nähe ein deutscher Fußballverein im Trainingslager einquartiert ist, hab ich mir deren Trainer kommen lassen«, erklärte Pichler, »und der hat ihn dann identifiziert.«

Doblhofer winkte den Trainer zu sich. »Das ist also einer Ihrer Spieler?«, fragte er und setzte dazu: »Gewesen. Und Ihr Verein ist der –?«

»MGV Dingolfing-Nord«, sagte der Mann. »Wir trainieren hier in eurem schönen Österreich für die nächste Saison und sind in der Nähe in einem Sportheim untergebracht, 17 Spieler und ich, der Trainer. Gestern haben wir gegen eine niederösterreichische Auswahl gespielt, ihr habt 3:2 gewonnen …«

»Wie damals in Cordoba«, sagte Doblhofer träumerisch. »Äh – MGV?«

»Männergesangsverein«, erklärte der Fußballtrainer.

»Aha. Und in welcher Liga spielt ihr?«

»Nächstes Saison in der sechsten. Leider. Wir sind soeben von der fünften in die sechste bayerische Liga abgestiegen.«

»Mein tiefempfundenes Beileid. Und haben Sie einen Verdacht, wer Ihren Spieler getötet haben könnte?«

»Einen? *16* hab ich in Verdacht!«

»16? Das versteh ich nicht.«

»Nun, dass wir abgestiegen sind, verdanken wir *ihm*«, sagte der Trainer mit einem geringschätzigen und gar nicht trauernden Blick auf den Toten und für einen kurzen Moment sah es so aus, als würde er mit seinem rechten Fuß ausholen, um dem auf dem Boden liegenden Leichnam einen Tritt zu versetzen. Mitten unter der Bewegung besann er sich aber eines Besseren und kickte lediglich eine vorwitzig auf dem Weg liegende faulige Erdbeere zur Seite.

»Wieso ist *er* dran schuld?«, fragte Doblhofer. »Haben Sie wegen ihm die Lizenz nicht bekommen?«

»Wir hätten nur noch *einen* Punkt, ein Unentschieden im letzten Spiel gebraucht, um den Klassenerhalt zu sichern, und lagen bis zur letzten Minute 0:1 hinten«, erklärte der Trainer seinen Groll auf den Ermordeten. »Dann wird unser Schorschi im Strafraum gefoult … 90. Minute … Elfmeter … Der Bertl tritt an … und schießt den Ball drei Meter übers Tor. Wenn er den Elfer nicht verschossen hätte …«

»Hätten Sie Unentschieden gespielt, einen Punkt bekommen und wären nicht abgestiegen, verstehe. Und daher hegt jeder Spieler Ihres Vereins einen tiefen Groll gegen ihn?«

»Das können Sie laut sagen.«

»Wann haben Sie den Schubert-Bert das letzte Mal gesehen?«

»Um halb elf in der Nacht. Wir haben uns das Video von unserem Spiel gegen eure Niederösis angeschaut und dann für *Youtube* bearbeitet, damit es ausschaut, als hätten wir gewonnen, die meisten sind dann ins Bett gegangen, nur der Berti hat gesagt, jetzt wäre er geil auf ein paar Erdbeeren, ja, ja, er war immer auf irgendwas geil, der Berti, und dann hat er noch gefragt, ob nicht wer mitkommen möchte aufs Erdbeerfeld …«

»Das hatte doch um diese Zeit schon zu?«

»Das war ihm egal. Da wäre ihm schon was eingefallen, um hereinzukommen.«

Inspektor Pichler wies Oberinspektor Doblhofer auf eine Stehleiter hin, die am Zaun beim Eingang zum Erdbeerfeld lehnte. Diese hatte sich der Ermordete offenbar bei einem Einfamilienhaus in der Nähe des Feldes ›ausgeborgt‹ und verwendet, um über den etwa mannshohen Maschendrahtzaun zu steigen. Die Leiter wurde soeben von Beamten der Spurensicherung auf mögliche Trittspuren untersucht, der Besitzer der Leiter stand daneben und wartete ungeduldig darauf, dass er sie wieder mit nach Hause nehmen konnte.

»Und *ist* jemand mit Berti mitgegangen?«, fragte Doblhofer.

»Soweit ich mich erinnere, der Schorsch und der Luitpold«, antwortete der Trainer.

»Na, dann will ich die zwei mal befragen«, sagte Doblhofer.

Wenig später betrat er mit Pichler im Schlepptau und einem halben Kilo Erdbeeren im Magen das Sportheim, in dem die bayerischen Fußballspieler untergebracht waren.

Schorsch gab, nachdem ihm Doblhofer berichtet hatte, dass Berti Schubert auf dem Erdbeerfeld tot aufgefunden worden war, zwar zu, mit Berti – und auch mit Luitpold – vors Haus gegangen zu sein, dann aber sei Berti allein weiter gegangen.

»Interessiert mich doch nicht die Bohne, mitten in der Nacht in ein Erdbeerfeld einzubrechen«, sagte Schorsch erregt. »Und schon gar nicht mit dem Berti, der nicht einmal in der Lage ist, einen Elfmeter im Tor zu versenken.«

»Nun, es haben schon berühmtere Fußballspieler Elfmeter verschossen«, versuchte Doblhofer einzulenken, aber da kam er bei Schorsch an den Falschen.

»Aber wegen dem einen b'schissenen verschossenen Elfmeter sind wir abgestiegen, in die 6. Liga, und ich hab einen Vertrag, dass ich bei einem Abstieg mit muss, aber nur mehr die Hälfte verdien, versteh'n S' mich, Herr Kommissar, wie soll ich da meinen Lebensstandard aufrecht erhalten, meine kubanischen Zigarren und so, und darum ist's mir nur recht, dass der Berti jetzt tot ist, dass ihn wer aufgespießt hat wie einen schäbigen Kohlweißling, den Hund, den verfluchten ...«

Auch Luitpold behauptete, Berti vor dem Sportheim allein gelassen zu haben und dann zu Bett gegangen zu sein. »Interessiert mich doch nicht die Bohne, mitten in der Nacht in ein Erdbeerfeld einzubrechen«, verwendete er exakt dieselben Worte wie kurz zuvor sein Stürmerkollege Schorsch. »Und schon gar nicht mit dem Berti ...«

»Der nicht einmal in der Lage ist, einen Elfmeter im Tor zu versenken ...«, sprach Doblhofer den Satz zu Ende.

»Ja, richtig, woher wissen Sie das? Ach so, wahrscheinlich weil Sie von der Polizei sind.«

»Sie dürfen ruhig Kommissar zu mir sagen«, bot Doblhofer an.

»Will ich aber nicht«, lehnte Luitpold ab. »Dazu kommt noch, dass ich zwar Fußballer bin, aber kein Kletterkünstler, der nachts über Leitern steigt ...«

Draußen vor der Tür wandte sich Assistent Pichler an Oberinspektor Doblhofer.

»Na, wissen wir schon, wen wir verhaften müssen?«, fragte er, seine erdbeerroten Finger ableckend.

»Sie nicht, aber ich schon«, sagte Doblhofer.

Wen verdächtigt Doblhofer?

Schorsch und Luitpold haben *gemeinsam* Berti aus Zorn über den verschossenen Elfmeter ermordet! Schorsch hat sich verraten, weil er weiß, dass Berti »aufgespießt« wurde, Luitpold, weil er weiß, dass Berti zum Eindringen ins Erdbeerfeld eine Leiter benutzt hat; beide Einzelheiten hat Doblhofer ihnen gegenüber nämlich nicht erwähnt.

SÜSSES FÜR DEN SPEDITEUR

Auch Kriminaloberinspektoren sind manchmal außer Dienst und bei anderen Leuten ganz privat zu Gast. Oberinspektor Otto Doblhofer weilte an diesem Abend bei Kommerzialrat Hilmar Brettschneider. Dieser, Inhaber einer Spedition, hatte zu einem großartigen Buffet geladen, an dem neben Oberinspektor Doblhofer, den Brettschneider von einem Einbruchsdiebstahl her kannte, gut zwei Dutzend anderer Leute teilnahmen.

»Ja, mein lieber Herr Oberinspektor«, sagte der Kommerzialrat, »ich bin heute noch begeistert, wie rasch Sie damals den Einbruch in mein Büro geklärt haben …« Brettschneider unterbrach sich, als er einen Gast sah: »Oh … Darf ich bekanntmachen: Ökonomierat Tauber – Oberinspektor Doblhofer. Aber Sie entschuldigen mich kurz, meine Herren, ich sehe dort Landesrat Minnich …«

»Immer in Eile, der Herr Kommerzialrat«, bemerkte Tauber mit einem spöttischen Grinsen. »Ja, vielleicht kann er seine Spedition doch noch retten, wenn er heute mit den richtigen Leuten …«

»Verstehe ich recht, dass seine Spedition in Gefahr ist?«, zeigte sich Doblhofer überrascht.

»Oh, wussten Sie das nicht? Aber ja, Sie sind ja nicht von der Branche. Es steht ihm das Wasser finanziell bis zum Hals. Wenn er nicht in den nächsten Tagen eine kräftige Finanzspritze …« Er brach ab, als er plötzlich einen anderen Gast erblickte: »Herr Bankdirektor, Sie auch hier!«

»Ja. Ich glaube, es ist so ziemlich alles hier, was Rang und Namen hat.«

»Und zur Rettung unseres geschätzten Gastgebers beitragen könnte«, ergänzte Tauber. »Zigarette?«

»Ja, danke.«

»Sie auch, Doblhofer?«

»Nein, danke, ich rauche nicht.«

»Da sind Sie so ziemlich der Einzige hier«, sagte der Bankdirektor. »Sie und der Gastgeber. Er ist auch leidenschaftlicher Nichtraucher.«

»Dafür dürfte er ganz gern in der Kärntner Straße der Leidenschaft des Roulettespielens nachgehen«, meinte Tauber grinsend. »Nach dem zu schließen, was ich so gehört habe, hat damit ja seine finanzielle Misere angefangen. Aber über seine Finanzlage sage ich Ihnen als Direktor seiner Bank ja nichts Neues, oder?«

»Nun, das Bankgeheimnis … Aber es pfeifen sowieso schon die Spatzen von den Dächern. Mich wundert, dass er dieses Buffet bezahlen kann.«

»Angeblich präsentiert der Herr Kommerzialrat uns als Höhepunkt des Abends seine weltberühmte Briefmarkensammlung«, versuchte Doblhofer einen Themenwechsel. »Sie soll ja ein Vermögen wert sein.«

»Sie ist eine der wertvollsten im ganzen Land«, sagte der Bankdirektor. »Na, er hat sie ja auch hoch versichert und immer in seinem Tresor eingesperrt.«

Eine junge Dame mit grellrot bemalten Lippen – Eva Kunz, gefeierte Soubrette an der Wiener Volksoper und die augenblickliche Lebensgefährtin des Gastgebers – gesellte sich zu den drei Männern.

»Ach, hier finde ich mitleidige Seelen, die sich einer armen Raucherin erbarmen und ihr mit einer Zigarette aushelfen.«

»Wenn ich Ihnen meine Marke anbieten darf …«, sagte Tauber und der Bankdirektor rückte sein Feuerzeug heraus.

»Ich bin leider Nichtraucher«, sagte Doblhofer, sich fast ein bisschen schämend.

»Tja, da wissen Sie ja gar nicht, was Ihnen entgeht!«, sagte Eva. »He, da bleiben! Endlich fangen die mit dem Dessertservieren an.«

Ein Angestellter des Partydienstes hatte die Aufmerksamkeit der jungen Frau erregt, als er mit einem Tablett voll verlockend aussehender Desserthäppchen durch den Raum ging.

»Das sieht ja zum Anbeißen aus«, schwärmte Eva, bereits an einem Dessertstück kauend. »Hm, hervorragend. Ich bin ja geradezu verliebt in Süßigkeiten. Je üppiger umso lieber.«

»Nein, danke, für mich nichts«, wehrte der Bankdirektor ab. »Mir wird von dem süßen Zeug immer schlecht.«

»Ja, danke, ich nehm ein Stück oder auch zwei«, sagte Doblhofer und bediente sich.

»Wo Hilmar nur steckt?«, fragte Eva. »Er versäumt das ganze Dessert.«

In diesem Moment trat der Kommerzialrat auch schon zu ihnen.

»Hilmar-Schatzi! Was hast du denn? Ist dir nicht gut?«, rief Eva besorgt, als sie bemerkte, dass ihr Lebensabschnittspartner ganz grün im Gesicht war, und Doblhofer ergänzte: »Fühlen Sie sich nicht wohl, Herr Kommerzialrat?«

»Danke, danke, es geht schon«, sagte der Spediteur, ein paar Mal hustend. »Aber mir ist wahrlich nicht ganz gut …«

»Ich sag's ja, dieses süße Zeug verdirbt einem ganz den Magen«, meinte der Bankdirektor.

Wenig später rief der Gastgeber zum Höhepunkt des Abends, der Präsentation seiner Briefmarkensammlung, und bat seine geschätzten Gäste, ihm in den Nebenraum zu folgen. Dort erwartete sie aber eine böse Überraschung, denn der Tresor, in dem sich die Briefmarkenalben eigentlich befinden sollten, war aufgebrochen und leer.

Vorsichtig, um nur ja nicht eventuell vorhandene Spuren zu verwischen, trat Doblhofer vor den Tresor und sah sich genau um. Er brauchte nicht lange zu suchen, da wurde er auch schon fündig. Er bückte sich, um das Beweisstück eingehend zu betrachten. »Aha. Ein Zigarettenstummel. Unmittelbar an der Stelle, wo der Einbrecher gestanden sein muss ...«

»Das heißt, dass der Einbrecher Raucher ist!«, rief der Bankdirektor. »Aber von den heutigen Gästen ist fast jeder Raucher ... Jeder kann es gewesen sein ...«

»Nun, die gnädige Frau ist wohl als Täterin auszuschließen«, sagte Doblhofer mit einem Blick auf Eva Kunz. »Auf dem Zigarettenstummel befindet sich nämlich nicht eine Spur von Lippenstift ... Ich habe unter den heute Anwesenden nicht weniger als 16 Raucher gezählt ... Und trotzdem, Herr Kommerzialrat, tut es mir leid, meinen Verdacht aussprechen zu müssen.«

»Verdacht?«, rief Brettschneider. »Ja, wissen Sie denn schon, wer ...«

»Ja.« sagte Doblhofer. »Ich glaube nämlich, dass Sie selbst den Einbruch begangen beziehungsweise vorgetäuscht haben, um die Versicherungssumme zu kassieren und Ihren Betrieb zu retten, und dass Sie eine Zigarette geraucht und den Stummel dann absichtlich liegen gelassen haben, um den Verdacht auf einen der vielen heute anwesenden Raucher zu lenken.«

»Erlauben Sie mal! Das ist eine böswillige Unterstellung. Dazu haben Sie keinerlei Beweise.«

»Beweise hab ich nicht. Noch nicht. Aber Sie haben sich verdächtig gemacht!«

Wie hat sich Brettschneider verdächtigt gemacht?

Lösung: 12. Rätsel-Krimi

Brettschneider war leidenschaftlicher Nichtraucher. Um den Verdacht auf einen Raucher zu lenken, musste er eine Zigarette rauchen. Deshalb sah er grün im Gesicht aus und musste husten.

SCHENKT MAN SICH ROSEN IN TIROL ...

Oberinspektor Otto Doblhofer hatte in seinem ganzen Leben noch nicht so viel Blut gesehen.

Der Intendant der Schönbrunner Operettenfestspiele, Operettialrat Prof. Harald Kehrosin, lag in seinem winzigen Büro auf dem Boden. Jemand hatte ihm die Kehle durchgeschnitten und dann versucht, den Kopf vom restlichen Körper zu trennen, wobei die Zweiteilung allerdings nicht gelungen war, weil das Messer, das noch im Hals des Toten steckte, zwar scharf genug gewesen war, um die Halsschlagader zu durchtrennen, aber nicht scharf genug, um weiteren Sägearbeiten zum erwünschten Erfolg zu verhelfen. Jedenfalls lag der Theaterdirektor tot in einer riesigen Blutlache – inmitten einer großen Anzahl von Rosen. Ja, rund um den Körper des Toten lagen vier oder gar fünf Dutzend roter Rosen verstreut (Doblhofer hoffte, nach der Spurensicherung ein paar Exemplare für sich abzweigen zu können, schließlich hatte er erst vor Kurzem den Hochzeitstag vergessen), und da auch die Rosen im Blut lagen, sah es fast so aus, als ob nicht der Ermordete sein Blut verströmt hatte, sondern die Rosen.

»Ich hab die Putzfrau, die den Toten gefunden hat, nach Hause geschickt«, wandte sich Inspektor Pichler an seinen Vorgesetzten. »Sie ist völlig fertig mit den Nerven. Sie kann kein Blut sehen …«

»Und davon gibt's hier wahrlich mehr als genug«, bemerkte Doblhofer missmutig. »Sagen Sie mir: Warum die vielen Rosen?«

»Keine Ahnung«, antwortete Pichler. »Vielleicht spielen's hier den Rosenkavalier?«

Doblhofer klärte seinen Assistenten darüber auf, dass der ›Rosenkavalier‹ keine Operette, sondern eine waschechte Oper war (obwohl der Komponist Strauss hieß!) und daher wohl kaum bei einem Operettenfestival zur Aufführung gelangen würde. In Wahrheit spielte man hier den ›Vogelhändler‹, wie Doblhofer wenig später von einem der Bühnenarbeiter in Erfahrung brachte.

»Und im ›Vogelhändler‹«, erklärte der Arbeiter weiter, »gibt es dieses wunderschöne Duett, das man früher oft im Wunschkonzert gespielt hat, als im Radio noch richtige Sendungen gebracht wurden, das werden vielleicht sogar Sie kennen …« Er räusperte sich und sang: »Schenkt man sich Rosen in Tirol …«

»Sie haben eine wunderschöne Stimme«, war Doblhofer von der Darbietung des Bühnenhandwerkers angetan. »Sie könnten als Tenor auftreten.«

»Ich *bin* der Tenor«, sagte der Bühnenarbeiter. »Bei so einem kleinen Theater wie dem unsrigen muss jeder mehrere Aufgaben übernehmen. Ich bin Bühnenarbeiter und erster Tenor. Dafür muss unser Bariton in der Pause beim Getränke- und CD-Verkauf aushelfen. Um aber zu den Rosen zurückzukommen: Es ist ein Inszenierungsgag von unserem *verehrten Herrn Regisseur*, dass zu diesem Duett eine Unmenge an Rosen von der Decke auf den Bühnenboden fällt.«

Doblhofer nickte. »Aha, verstehe. Großartige Idee, zweifellos. Und warum sind die Rosen im Büro des Intendanten gelandet?«

»Na, außerhalb der Vorstellungen müssen sie ja irgendwo aufbewahrt werden und da bringen wir sie nachher immer in sein Büro und stellen sie in ein paar Vasen. Für den Blumentransport ist übrigens unsere Altistin zuständig – nachdem sie die Klos geputzt hat.«

Doblhofer nickte wieder. Ihm waren – abgesehen von den sauberen WCs – die Vasen im Büro des ermordeten Operettialrats aufgefallen, die – nachdem die Rosen auf dem Boden verstreut worden waren – natürlich leer gewesen waren. Und noch etwas war ihm aufgefallen: »Sie haben das so ironisch angehaucht gesagt«, bemerkte er, »*Unser verehrter Herr Regisseur*. Deute ich das richtig, dass er nicht ganz so beliebt ist?«

Das Gesicht des tenoralen Bühnenarbeiters nahm eine verräterisch rote Färbung an und Doblhofer bohrte nach: »Wie war sein Verhältnis zu Kehrosin?«

Der Kopf seines Gesprächspartners wurde noch ein wenig dunkler und erreichte damit fast die Färbung der Rosen. »Schlecht. Sehr schlecht sogar. Sie haben häufig gestritten. Ihm – Kehrosin – gefiel die Regie überhaupt nicht. Am liebsten hätte er den Regisseur – Nagler, Benno Nagler heißt er – davongejagt, aber dafür war es leider zu spät.«

»Zu spät? Wieso zu spät?«

»Nun, als Kehrosin merkte, dass das eine *Scheiß-Regie* ist – bitte, das waren Kehrosins Worte, nicht meine! –, da stand die Premiere schon unmittelbar bevor, und er musste sich damit abfinden – auch mit diesem sogenannten ›Gag‹ der von oben herabregnenden Rosen … Ich will aber nichts gesagt haben!«

»Natürlich nicht.« Nachdenklich begab sich der Kriminalbeamte sodann zu Benno Nagler, dem Regisseur, und setzte ihn über die Umstände von Kehrosins Tod in Kenntnis.

»Was Sie nicht sagen, der Mörder hat Rosen rund um ihn herum drapiert? Genialer Einfall.« Nagler war begeistert und machte sich eine Notiz für eine spätere Regiearbeit. Im Übrigen wusste er nur zu berichten, dass die gestrige Vorstellung wie immer abgelaufen war – mit einer Ausnahme: »Also, die Trixi – sie singt die Christl, Sie wissen schon, die Briefchristl –

Ich bin die Christl von der Post«, trällerte er, und Doblhofer fragte sich, warum ihm heute alle Leute unbedingt etwas vorsingen wollten, »die Trixi also war nicht recht gut bei Stimme, obwohl die Christl eh nicht schwierig zu singen ist, keine hohen Töne oder plötzliche Dur- oder Moll-Wechsel mitten in der Strophe, selbst die Netrebko könnte das aus dem Stand singen, nur halt nicht auf Deutsch, na jedenfalls hatte sie nach der Vorstellung eine *Aussprache* mit dem Alten …«

»Eine Aussprache?«, hakte Doblhofer ein. »Sie betonen das so seltsam?«

»Na ja, wenn ich ehrlich bin – die beiden hatten einen gewaltigen Streit. Uh, da hat's gekracht! Der Alte sagte, dass in Zukunft – also ab heute, denn bei uns beginnt die Zukunft schon heute –, dass also in Zukunft statt ihr die Zweitbesetzung singen wird – das ist die Ilonka, die sonst immer die Eintrittskarten abreißen muss …«

»Und glauben Sie, dass er seine Drohung wahr gemacht hätte?«

»Sicher. Der Kehrosin kannte da keine Kompromisse. Der war da beinhart.«

»Nur bei Ihren Regieeinfällen – da hat er sich offenbar nicht durchgesetzt?«, warf Doblhofer einen Versuchsanker aus.

Der Operettenregisseur ging auf sein gespanntes Verhältnis zum Ermordeten nicht näher ein und zog nur eine geringschätzige Grimasse. »Man kann es nicht jedem recht machen.«

»Nein, natürlich nicht. Übrigens: Wo waren Sie heute kurz nach Mitternacht?«

»Ich? Ich war nach der Vorstellung noch fort. Und wenn Sie es genau wissen wollen, ich war mit dem Bass zusammen fort. Bis vier Uhr früh haben wir ein paar Nachtlokale unsicher gemacht. Und dann sind wir gemeinsam ins Bett.«

Nachdem Doblhofer Naglers Alibi zur Kenntnis genommen hatte, suchte er besagte Trixi auf und berichtete auch ihr, dass der Intendant heute in der Früh tot von der Putzfrau aufgefunden worden war. Trixis Mitgefühl galt – der Putzfrau.

»Die arme Svetlana«, sagte sie. »Da wird ihr furchtbar schlecht geworden sein. Sie ist recht empfindlich, kann kein Blut sehen.«

»Ja, ja, ich weiß«, sagte Doblhofer ungeduldig. »Äh, ich nehme an, nach diesem Streit mit Kehrosin gestern nach der Vorstellung hatten Sie eine *Mords*wut auf ihn? Zur Zweitbesetzung degradiert zu werden …«

Trixi zuckte die Schultern. »Dann hätte ich halt für ein paar Vorstellungen pausiert, bis meine Stimmbandentzündung wieder ausgeheilt wäre, und dann wäre ich mit neuen Kräften eingestiegen. Alles kein Problem.«

»Wo waren Sie zum Zeitpunkt des Mordes – kurz nach Mitternacht?«

»Zuhause. Im Bett. Und – leider – allein. Ich kann Ihnen also zwar etwas zu trinken, aber kein Alibi anbieten.«

Doblhofer benötigte von Trixi aber ohnehin kein Alibi, denn als er in sein Büro fuhr, um einen Haftbefehl zu beantragen, war ihm längst klar, wer den Intendanten ermordet hatte.

Wer hat den Intendanten ermordet?

Lösung: 13. Rätsel-Krimi

Trixi war's. Denn sie bedauert die Putzfrau. Trixi weiß offenbar, dass beim Mord viel Blut geflossen ist. Das hat Doblhofer ihr gegenüber aber nicht erwähnt!

DOLMETSCH-DOLLYS TOLLE VASE

Oberinspektor Otto Doblhofer rollte auf seinem Bürosessel noch ein wenig näher zu dem auf dem Schreibtisch aufgestellten Standventilator hin. Dieser setzte der brütenden Hitze, die sein Büro seit Anfang Juli tagtäglich in eine Sauna verwandelte, zumindest ein wenig aufgewirbelte warme Luft entgegen. Gerade als er sich dem Ventilator (den er übrigens selbst bezahlt hatte und auf dem daher auch ein Pickerl ›Privateigentum von OI O Doblho.‹ angebracht war) bis auf wenige Zentimeter genähert hatte, ging die Tür auf und ein uniformierter Polizist betrat mit den Worten »Otto, weißt du schon, was der Dolly passiert ist?« den Raum.

»Nein, weiß ich nicht«, gab Doblhofer zur Antwort. »Hat sie einen Hitzschlag erlitten?«

»Nicht dass ich wüsste«, sagte der Uniformierte. »Wieso? Nein, sie ist bestohlen worden.«

»Dolly bestohlen?«, rief Doblhofer. »Erzähl!«

Dazu muss man wissen, dass Dolores Doblinger, von ihren Bekannten kurz Dolly genannt, von Beruf Übersetzerin und Dolmetscherin war. Sie beherrschte alle Sprachen des ehemaligen Jugoslawiens zuzüglich Bulgarisch und Rumänisch (sowie in Ansätzen Litauisch) und wurde daher von den Wiener Polizeibeamten und Strafrichtern sehr häufig als Dolmetscherin eingesetzt.

»Soll sie dir gleich selbst erzählen«, sagte der Polizist, da betrat auch schon Dolmetsch-Dolly schwungvoll Doblhofers Büro. »Otto, du muss den Kerl verhaften, der mir meine wertvolle Vase gestohlen hat, sonst übersetz ich dir nie wieder ein Wort.«

»Beruhig dich erst mal, Dolly«, sagte Doblhofer, »Also deine Vase ist dir gestohlen worden?«

»Ja. Sie ist sicher 10.000 Euro wert. Zwar keine Ming, aber …«

Doblhofer, der sich mit Vasen sowieso nicht auskannte, winkte weitere Ausführungen dazu ab und fragte: »Und hast du schon einen Verdacht?«

»Einen? Zwei hab ich in Verdacht! Das ist ja das Problem. Weißt du, Otto, vorige Woche hatte ich den Installateur nach Hause in die Lerchenfelder Straße bestellt. Ich bin pünktlich von meinem Übersetzungsbüro – du weißt ja, dass ich in Hietzing ein kleines Büro habe, ich arbeite nicht gern zuhause –, ich bin also von Hietzing heim in die Lerchenfelder Straße gefahren. Dummerweise hatte ich den Schlüssel irgendwo verlegt und konnte nicht in meine Wohnung hinein. Ich habe einen Schlüsseldienst kommen lassen, der hat mir aufgesperrt, ich bin dann mit dem Schlosser und dem Installateur, der mittlerweile eingetroffen war, in die Wohnung hinein und beim Betreten des Vorzimmers hab ich gesagt: ›Aufpassen auf die Vase, die ist ein Vermögen wert!‹, und das haben die zwei natürlich gehört …«

»Sodass du also glaubst, entweder der Installateur oder der Schlosser hat dir die Vase geklaut«, unterbrach Doblhofer Dolmetsch-Dollys Wortschwall.

»Genau. Und ich will, dass du herausfindest, wer von den beiden es war.«

»Wann hast du denn den Diebstahl bemerkt?«

»Heute gegen Mittag. Ich war vormittags wieder in meinem Büro, weil ich dort eine Klimaanlage habe, um einige Schriftstücke zu übersetzen, und jetzt pass auf! Um Punkt zehn Uhr klingelt mein Telefon. Ich heb ab, melde mich mit ›Übersetzungsbüro Doblinger‹ …« Dolly legte eine kleine Sprechpause ein.

»Und?«, fragte Doblhofer gespannt.

»Und nichts! Nur ein Schnaufen, ein Männerschnaufen wohlgemerkt, denn ich kann das auseinander halten, ob ein Mann oder eine Frau schnauft, und dann hat derjenige wieder aufgelegt. Das war sicher der Dieb, der kontrollieren wollte, ob ich eh nicht daheim war. Dummerweise hatte ich denen ja gesagt, dass ich vormittags meist, aber nicht immer, in meinem Übersetzungsbüro in Hietzing bin, und da hat er wohl in meinem Büro angerufen, die Nummer steht ja im Telefonbuch, und als ich abgehoben habe, konnte er sicher sein, dass niemand in der Wohnung war.«

»Aha. Ist eine Nummer auf dem Display deines Telefons aufgeschienen?«

»Nein. Nummer unterdrückt. Und als ich dann gegen Mittag heim bin, war die Vase weg!«

Doblhofer ließ sich die näheren Daten zum Schlüsseldienst und Installationsunternehmen geben und verließ die schwüle Hitze seines Büros, um zunächst beim Inhaber des Schlüsseldienstes vorzusprechen. Dieser – ein Mann namens Slupacek – behauptete zunächst, sich an den Einsatz bei einer Kundschaft in der Lerchenfelder Straße mit Namen Dolores Doblinger nicht erinnern zu können, erst als das Gespräch auf einen wartenden Installateur und eine wertvolle Vase kam, rief er aus: »Ach, die! Die mit der grässlichen Vase! Und die ist ihr gestohlen worden?«

»Ja. Und Sie haben vorige Woche ja schon einmal bewiesen, dass Sie problemlos in die Wohnung hineinkommen. Berufsbedingt.« Darauf entgegnete der Schlosser nichts, worauf Doblhofer fortsetzte: »Heute Vormittag hat man bei der Frau in ihrem Büro angerufen, um sich zu vergewissern, dass sie nicht zu Hause war. Darf ich mir mal Ihr Handy ansehen?«

Widerwillig zog Schlossermeister Slupacek sein Handy hervor und reichte es Doblhofer. »Und was wollen Sie da jetzt sehen? Die ausgehenden Anrufe? Ihnen ist aber schon klar, dass man die auch wieder löschen kann? Wenn ich die Dame angerufen hätte, hätte ich den Anruf wohl wieder aus der Liste gelöscht, oder?«

Doblhofer musste dem Mann zwar recht geben, sah sich aber dennoch die gespeicherten Nummern an. Slupacek schaute ihm dabei zu und kommentierte: »9.15 Uhr, da hab ich zu Hause angerufen, hab meiner Frau aufgetragen, sie soll die Jalousien heruntergeben, weil es auch heute wieder so heiß wird. 9.41 Uhr hab ich nochmals angerufen, ob sie's eh nicht vergessen hat. 11.14 Uhr hab ich im Büro angerufen, dass ich mittags nicht ins Büro komm, und das waren auch schon alle weggehenden Telefonate heute Vormittag. Keiner um zehn Uhr. Ich würde es mal beim Installateur probieren, der hat ja gesehen, dass man mit einer einfachen Scheckkarte die Tür aufbringt.«

Und das tat Doblhofer auch.

»Eine Kundschaft namens Doblinger?«, sagte der Installateur, der König hieß. »Ja, bei der war ich vor ein paar Tagen, ich erinnere mich. Die Dame, die sich ausgesperrt hatte.« König gab auch zu, sich an die Vase zu erinnern. Als er mitbekam, zu den Verdächtigen zu gehören, äußerte er: »Und wie soll ich in ihre Wohnung hineingekommen sein? Ich heiße zwar König und bin auch der König unter den Installateuren, aber kein Einbrecherkönig.«

Als Doblhofer auch den Installateur darum bat, sich sein Handy ansehen zu dürfen, erntete er ebenfalls ein: »Wenn ich sie angerufen hätte, glauben Sie nicht, dass ich dann den Anruf aus der Liste gelöscht hätte?« Trotzdem überreichte der Verdächtige dem Inspektor das Handy, der sich alle gespeicherten Nummern besah, die vom Handy des Installateurs aus an diesem Vormittag angerufen worden waren. Es waren nur wenige und die Nummer von Dollys Übersetzungsbüro war nicht dabei.

»Na, sehen Sie«, sagte König triumphierend. »Ich habe also nicht in ihrem Dolmetschbüro angerufen! Es wird wohl der Schlosser gewesen sein. Den würde ich verhaften.«

»Vielleicht tu ich das auch«, sagte Doblhofer und verließ den Installationsbetrieb. Und als er sein Auto aufsperrte, hatte er auch schon einen Verdacht, wer wohl der Vasendieb war.

Wen verdächtigt Doblhofer?

Lösung: 14. Rätsel-Krimi

Doblhofer verdächtigt den Schlossermeister Slupacek. Dieser hat Doblhofer gesagt, dass auf seinem Handy kein Anruf um 10 Uhr gespeichert war. Dass Dolly um 10 Uhr angerufen wurde, hat Doblhofer aber gar nicht erwähnt, er sprach nur von vormittags!

DOBLHOFER IN CAORLE

»Liebling, ich geh dann mal ins Wasser!«

Oberinspektor Otto Doblhofer nickte nur und streckte sich auf seiner Liege aus. Sollte seine Frau ruhig Abkühlung in der Adria suchen, er selbst würde nicht einmal für viel Geld den Schatten des Sonnenschirms in der Mittagshitze verlassen.

Die Doblhofers machten Urlaub in Caorle. Nachdem sie in ihrem nur hundert Meter vom Sandstrand entfernten Viersternehotel das Mittagessen eingenommen hatten, waren sie wieder ans Meer gegangen. Schließlich waren im Hotelpreis zwei Liegestühle und ein Sonnenschirm (konkret Schirm Nr. 46 in Reihe 13) inbegriffen, und das musste man doch ausnützen! Doblhofers Nachbarn zur Rechten dachten wohl genauso, denn im selben Augenblick, als Doblhofers Gattin über den brennend heißen Sand hüpfend in Richtung Meer verschwand, nahte auch schon das Paar, dem Schirm Nr. 47 zugewiesen war.

»Ne, Irma, ich will mich jetzt nicht im Hotelzimmer niederlegen, auch wenn es 32 Grad im Schatten hat«, schimpfte der Mann auf Norddeutsch vor sich hin. »Ich schufte monatelang für diesen Urlaub, da werd ich ihn wohl nicht schlafend im Zimmer verbringen.«

»Ist ja schon gut, Olaf«, gab Irma klein bei und entkleidete sich bis auf einen um mindestens eine Kleidergröße zu knapp dimensionierten Badeanzug. »Dann gehen wir halt ins Wasser, um uns abzukühlen.«

»Genau das machen wir«, sagte Olaf und schlüpfte aus seiner Hose. »Und meine Rolex geb ich inzwischen hier hinein.« Er zog die Uhr über seine Hand und schob sie in die Hose, die er auf die Liege legte.

»Ich kapier eh nicht, wieso du deine Rolex an den Strand mitnimmst«, gab Irma zu bedenken. »Du wirst sehen, man wird sie dir noch klauen …«

»Soll ich die Zeit vielleicht vom Sonnenstand ablesen?«, keppelte Olaf zurück. »Ohne Uhr versäumen wir möglicherweise das Abendessen. Und du wirst doch wohl nicht von mir verlangen, dass ich mit einer Uhr von Aldi oder Lidl rumlaufe …«

Doblhofer schloss die Augen. Ihn wunderte nicht nur, dass der Mann mit einer dermaßen wertvollen Uhr an den Strand ging, sondern noch viel mehr, dass er so laut darüber sprach. Da konnte er andere Urlauber leicht auf dumme Gedanken bringen! Zwar waren augenblicklich nicht allzu viele Leute am Strand, die meisten hielten wohl in den klimaanlagengekühlten Zimmern Siesta, aber rechts neben dem deutschen Pärchen (unter Schirm Nr. 48) lag ein Mann auf der Liege. Dieser – Doblhofer wusste aus einem kurzen Gespräch, dass er Kärntner war – schien zwar zu schlafen, aber wer konnte ausschließen, dass er nicht ebenfalls gehört hatte, dass Nr. 47 eine Rolex auf der Liege zurückließ?

Gut eine Viertelstunde später riss ein »Billiger, billiger, billiger« Doblhofer aus einem Traum. Rechts neben ihm stand ein Schwarzafrikaner, der eine Unmenge von Badetüchern geschultert hatte und einige davon auf den Sand fallen ließ, wobei ein paar Tücher auch auf Olafs Liege fielen.

Doblhofer blinzelte. Er nahm wahr, dass rechts neben ihm alle Liegen unbelegt waren, offenbar kühlten sich Olaf, Irma und der Kärntner im Meer ab. Glaubte der Strandverkäufer etwa, dass er – Otto Doblhofer – ein Badetuch kaufen würde?

Offenbar glaubte der Mann das, denn er strich ein Badetuch im Sand glatt und fragte: »Deutsch?«

Doblhofer überlegte, ob der Mann mit dieser Frage die Sprache oder die Nationalität meinte, beschloss dann aber, sich auf derlei Feinheiten nicht einzulassen, und sagte langsam: »Mille grazie, aber ich benötige kein zusätzliches Badetuch.«

»Heute billiger«, behauptete der Verkäufer. »20 Euro pro Stick.«

Doblhofer schüttelte den Kopf und schloss, um sein Desinteresse zu zeigen, die Augen. So hörte er nur, wie der Afrikaner in einer höchst ausländisch klingenden Sprache irgendeine Verwünschung aussprach, die Tücher wieder schulterte und an ihm vorbei weiterging.

Wenig später war Doblhofer wieder eingeschlafen.

Das nächste Mal wurde er aufgeweckt, als eine Frau, die von links kam und »Massaggio! Buon massaggio!« rief. Doblhofer öffnete ein Auge und sah eine ostasiatisch aussehende zierliche Frau vor ihm stehen. »Deutsch?«, fragte sie ihn.

Doblhofer schüttelte den Kopf. Nein, er war definitiv kein Deutscher.

»Massaggio, buon massaggio«, sagte die Frau wieder und deutete auf eine Mappe, die offenbar Reklamematerial für ihre Massagedienste enthielt.

»Niente massaggio«, entgegnete Doblhofer in fast perfektem Italienisch und drehte sich abweisend auf den Bauch. Als er sah, dass die Frau ein paar Schritte weiter ging und dann ihre Mappe auf Olafs Liege legte, um dem eine Liege weiter rechts einstweilen noch schlummernden Kärntner ihre Dienste anzubieten, machte er die Augen wieder zu.

Kaum zehn Minuten später wurde er wieder geweckt – diesmal nicht von einem Strandverkäufer, sondern von dem lauten Schrei: »Meine Rolex ist weg!«

Doblhofer setzte sich auf. Rechts neben ihm stand Olaf vor seiner Liege und wiederholte: »Meine Hose samt Rolex ist weg! Diebe!«

»Ich hab's dir ja gesagt!«, erhielt er von Irma zur Antwort, die sich soeben mit einem Badetuch abtrocknete. Es lag fast ein wenig Genugtuung in ihrer Stimme. »Hättest du sie in den Safe gegeben …«

»Meine Rolex! Polizei!«

Wenn nach der Polizei gerufen wird, kann Doblhofer auch im Urlaub nicht widerstehen. Hilfsbereit gab er seine Beobachtung zum Besten, dass während der etwa halben Stunde, die Olaf und Irma im Wasser verbracht hatten, mindestens zwei Verkäufer – beziehungsweise ein afrikanischer Badetuchverkäufer und eine asiatische Masseuse – an der Liege vorbeigekommen waren.

»Das würde diesen Verbrechern ähnlich sehen!«, rief Olaf. »Haben Sie die zwei auch gesehen?«, wandte er sich an den Mann zu seiner Rechten, der ebenfalls von Olafs Rolex-Rufen aufgeweckt worden war.

»Wie? Welche zwei?«, antwortete der Kärntner schlaftrunken. »Nein, tut mir leid, ich hab die ganze Zeit fest geschlafen. Ich nehme an, dass in einer halben Stunde weit mehr Strandverkäufer als diese zwei hier vorbeigekommen sind. Ihre Uhr sehen Sie wahrscheinlich nie wieder.«

Da war Doblhofer allerdings anderer Meinung. Denn wenn er es recht überlegte …

Wen verdächtigt Doblhofer?

Nein, weder der Badetuchverkäufer noch die Masseuse hat die Rolex von Oswalds Liege mitgehen lassen. Doblhofer verdächtigt den Kärntner, da er behauptet, die ganz Zeit geschlafen zu haben. Allerdings hat Doblhofer zwischendurch bemerkt, dass alle Liegen rechts von ihm unbelegt waren!

Lösung: 15. Rätsel-Krimi

HALLSTÄTTER BUSSERLN

Mit der Behauptung »Schuld an allem sind ja eigentlich die Chinesen« wurde Oberinspektor Otto Doblhofer von seinem Assistenten Pichler begrüßt.

»Aha? Und warum?«, fragte Doblhofer pflichtschuldig, während er auf dem Beifahrersitz des Polizeiautos Platz nahm.

»Nun, zuerst haben die ja ganz Hallstatt in China originalgetreu nachgebaut und jetzt sind sie gierig auf eine Mehlspeise, von der ihnen eingeredet wurde, das seien Hallstätter Busserln – Sie wissen schon, frei nach den Wachauer Busserln. Man verbrösle 0,25 Kilo Mehl mit zehn Deka Butter und verknete …«

»Ja und?«, unterbrach Doblhofer Pichlers Rezeptvortrag. »Was hat das damit zu tun, dass wir nun zum Konditormeister Däml fahren?«

»Er ist der Hauptverdächtige für den Einbruch beim Sochor«, erklärte Inspektor Pichler. »Die zwei – Däml und Sochor – sind die Konkurrenten um den Millionenauftrag für die Hallstätter Busserln. Sochors Busserln sind besser, dafür sind Dämls Busserln billiger. Die Chinesen schwanken noch, wem sie den Zuschlag geben sollen.«

»Aha. Und?«

»Und gestern Nachmittag ist beim Sochor eingebrochen worden. Er war ab 14 Uhr auf dem Weg nach Mörbisch zur Operettenaufführung, und bis 19 Uhr war niemand in dem Einfamilienhaus, erst dann ist die Putzfrau gekommen, und als dann der Sochor nach Mitternacht wieder heimkam, hat er gemerkt, dass jemand bei seinem Rezept für die Hallstätter Busserln herumgeschnüffelt hat.«

»Und er verdächtigt seinen Konkurrenten, dass der durch Betriebsspionage seine billigen Busserln noch ein bisschen besser machen will?«

Pichler nickte, als sie auch schon vor der luxuriösen Däml'schen Villa Halt machten. Däml, der im Garten in einer Liege vor sich hin gedöst hatte, erhob sich, um die Beamten zu begrüßen, und zeigte dabei seinen nackten, leicht geröteten Oberkörper. Die Rötung stammte übrigens nicht von einem Sonnenbrand, nein, Däml hatte sich, wie er den Beamten berichtete, am Vortag in der Früh sein üppiges Brusthaar entfernen lassen. Diese Erklärung führte Doblhofer direkt dazu, von Däml ein lückenloses Alibi für den Vortag in Erfahrung zu bringen, wobei ihn allerdings der Besuch beim Enthaarer, der ja vormittags stattgefunden hatte, nicht weiter interessierte.

»Sie glauben tatsächlich, ich bin gestern Nachmittag beim Sochor eingestiegen?«, lachte Däml, gab dann aber doch bereitwillig Auskunft über seine gestrigen Aktivitäten: »Nach dem Essen war ich ab etwa 14 Uhr bei meinem Zahnarzt. Beim Verlassen der Ordination hab ich einen Bekannten getroffen, mit dem ich ein Bier getrunken habe, und dann – von 16 Uhr bis zur Sperrstunde um 19 Uhr – war ich mit einem weiteren Bekannten im Freibad. Kurzbadetarif.«

Doblhofer und sein Assistent ließen sich Namen und Adressen der drei Männer geben und suchten zunächst den Zahnarzt auf.

»Der Konditormeister Däml, natürlich war der gestern bei mir«, sagte der Zahnarzt eifrig. »Seine Zähne sind durch das viele Kosten von Süßspeisen sehr angegriffen und wir haben eine Generalsanierung seines Gebisses durchkalkuliert.« Ein Glitzern verirrte sich in seine Augen, als er offenbar daran dachte, dass ihm das neue Gebiss des Konditors seinen Kreuzfahrturlaub finanzieren würde. »Das hat etwa eine Stunde gedauert, ja, etwa um drei ist er dann gegangen. Wohin, kann ich Ihnen nicht sagen.«

Nun, im Erdgeschoss des Gebäudes, in dem der Zahnarzt seine Ordination hatte, befand sich ein Lokal, in dem offenbar ein Herr Mayr Stammgast war, denn Doblhofer und Pichler trafen ihn dort bei einem Bier an. »Ich verbringe jeden Nachmittag hier«, erklärte Mayr. »Das ist das einzige Vergnügen, das mir nach meinem Konkurs noch verblieben ist.«

»Oh, Konkurs, tut mir leid, Beileid«, sagte Doblhofer automatisch.

»Kein Problem, es wird schon wieder. Um aber Ihre Frage zu beantworten: Ja, gestern Nachmittag hab ich hier den Konditormeister Däml getroffen, er kam gerade frisch vom Zahnarzt. Wir haben zusammen ein Bierchen gezwitschert, genau gesagt waren es zwei, und – um nochmals ehrlich zu sein – der Herr Konditormeister hat mich eingeladen.«

»Woher kennen Sie den Däml eigentlich?«, warf Pichler ein.

»Ich war früher ein Lieferant von seinem Konkurrenten, dem Sochor«, erklärte Mayr. »Doch urplötzlich hat der mich fallen lassen und wollte sich nicht mehr von mir beliefern lassen. Ich kam in ziemliche finanzielle Schwierigkeiten. Der Däml hat mir geholfen, aber es war zu spät, der Konkurs war nicht mehr zu vermeiden.«

»Wie lange haben Sie denn gemeinsam biergezwitschert?«

»Ach, gut eine Stunde. Bis vier ungefähr. Dann kam zufällig ein anderer Bekannter von ihm vorbei und mit dem ist er dann fortgegangen. Angeblich schwimmen.«

Dieser andere Bekannte – ein gewisser Herr Moser und von Beruf Dämls Mehllieferant – bestätigte kurz darauf, dass er mit Däml ins Schwimmbad gegangen war. »Ja, ja, der Däml, dieser aufgeplatzte Teddybär, der ist ja eine ziemlich Wasserratte. Wenn der mal in einen Pool gestiegen ist, kriegen Sie ihn eine Stunde lang nicht mehr heraus«, erzählte er lachend.

»Sehr interessant«, log Doblhofer. »Und Sie waren von wann bis wann mit ihm zusammen?«

»Nun, so um vier hab ich ihn zufällig in so einem Beisl getroffen. Er war offenbar beim Zahnarzt gewesen und wollte ins Schwimmbad, na, und da ich auch auf dem Weg zum Bad war, sind wir gemeinsam gegangen – und bis gegen sieben geblieben.«

»Und Sie können bestätigen, dass er das Bad nicht vor sieben verlassen hat?«

»Ja, das kann ich. Da schwör ich alle Eide drauf. Wir hatten unsere Liegeplätze nebeneinander.«

»Die sind ja alle drei ziemlich abhängig von ihm«, fasste Pichler wenig später Doblhofer gegenüber die Ermittlungsergebnisse zusammen. »Der Zahnarzt will sich mit seinem neuen Gebiss sanieren, der Mayr ist dermaßen knapp bei Kasse, dass er ihm wohl für ein paar Tausender ein Alibi verkaufen würde, na und der Mehllieferant ist finanziell von ihm abhängig, sodass er ihm vielleicht, um weiterhin mit ihm im Geschäft zu bleiben, ein falsches Alibi verschafft.«

»Sie haben völlig recht«, sagte Doblhofer. »Und einer von den dreien hat sich auch verraten.«

Welcher von den drei Männern hat Däml ein falsches Alibi verschafft?

Dämls Mehllieferant Moser bezeichnet Däml als »aufgeplatzten Teddybär« – ein Hinweis auf Dämls üppiges Brusthaar. Das hat dieser sich aber am Vormittag entfernen lassen, sodass Moser im Schwimmbad bemerkt haben müsste, dass Däml nun kein »aufgeplatzter Teddybär« mehr ist.

Lösung: 16. Rätsel-Krimi

VIER HOLLÄNDER BEIM MINIGOLF

Oberinspektor Otto Doblhofer blickte auf den regungslosen Körper, der neben der Minigolfbahn bäuchlings im regennassen Gras lag. Die Wunde am Hinterkopf des Mannes war blutverschmiert und die Frage, welche Waffe die tödliche Verletzung wohl verursacht hatte, wurde durch den Golfschläger beantwortet, der trotz beginnender Sonneneinstrahlung noch auf der ein wenig nassen Golfbahn lag.

»So hab ich ihn gefunden, den Holländer«, sagte der Betreiber der Minigolfanlage zu Doblhofer. »Um Schlag fünf vor acht.«

Keine Uhr der Welt schlägt fünf Minuten vor der vollen Stunde, dachte sich Doblhofer, behielt diese Erkenntnis aber für sich und wiederholte stattdessen: »Den Holländer? Woher wissen Sie denn, dass er Holländer ist? Beziehungsweise war.«

»Nun, sie waren gestern am Abend auch schon hier, er und die drei anderen, und wenn Holländer miteinander Holländisch reden, dann hört man, dass das Holländisch ist.«

»Da haben Sie wohl recht. Äh, die drei anderen …«

»Ein weiterer Mann, um einiges älter als der hier fliegende, äh liegende Holländer«, erinnerte sich der Minigolfchef, »und zwei sich ähnlich schauende Frauen so Mitte 30.«

»Aha. Zwei Pärchen?«

»Wahrscheinlich. Obwohl … da gab es Spannungen unter den vieren … ich kann ja kein Holländisch …«

»Wer kann das schon …«

»Aber das war schon zu spüren, dass da irgendwas nicht stimmte. Irgendein Beziehungsdrama, vermute ich.«

»Aha. Und warum ist er heute früh wieder gekommen? Äh, wann eigentlich?«

»Um Schlag fünf nach halb acht«, sagte der Auffinder des Toten und Doblhofer musste sich ziemlich beherrschen, darauf nur »Nicht unbedingt eine Zeit für Minigolf« zu bemerken.

»Jede Zeit ist eine Zeit für Minigolf«, behauptete der Minigolfoberste. »Jedenfalls, als die vier Holländer gestern Abend gerade mitten im Spiel waren, begann es stark zu regnen, sodass sie ihr Spiel abbrechen mussten. Ich habe ihnen angeboten, dass sie zu einem späteren Zeitpunkt fertig golfen können. Schließlich haben sie für 20 Bahnen bezahlt, dann sollen sie auch 20 Bahnen spielen können.«

»Alles klar. Und deswegen ist er heute in der Früh gekommen? Allein?«

»Ja, solo. Wie gesagt um Schlag fünf nach halb acht. Ich hab ihn dann allein hiergelassen, hatte auf der benachbarten Tennisanlage zu tun. Ich hab mich eh gewundert, dass er aufgetaucht ist, ich weiß noch, dass die drei anderen, als ich ihnen angeboten habe, ihr Spiel ein andermal fortzusetzen, gemeint haben, das ginge sich nicht aus, sie würden heute in der Früh weiterreisen, aber der eine da«, er wies auf den im Gras liegenden Toten, »meinte, er würde vorher das Spiel zu Ende spielen, denn bezahlt sei bezahlt.«

»Aha. Eine irgendwie typisch holländische Reaktion. Und wo ist der Wohnwagen?«

»Wohnwagen? Wieso Wohnwagen?«

»Nun, reisen Holländer nicht grundsätzlich in Wohnwägen – von der Königsfamilie vielleicht einmal abgesehen?«

»Nein, sie haben von einem Hotel gesprochen.« Der Minigolfbetreiber zeigte auf ein Gebäude, keine fünf Gehminuten vom Minigolfplatz entfernt.

In eben dieses begab sich der Oberinspektor sodann. Wie sich herausstellte, hatten die vier Holländer auf der Rückfahrt von einem in Ungarn verbrachten Urlaub hier zwischengenächtigt. Doblhofer fand heraus, dass es zwei Paare waren, die in zwei Zimmern untergebracht waren – der nun Ermordete – Willem, ein 34-jähriger Bankbeamter – mit seiner Frau, der etwa gleichaltrigen Hella, im einen und Linda, Hellas nur unwesentlich ältere Schwester, mit ihrem Mann Piet, einem etwa 55-jährigen Blumenhändler mit Spezialgebiet Tulpen, im anderen. Glücklicherweise verstanden die drei Deutsch.

»Mein Beileid«, sagte Doblhofer zu Hella, der frisch gebackenen Witwe, die er in ihrem Hotelzimmer aufsuchte und die vom Hotelmanager bereits erfahren hatte, dass ihr Mann auf dem Golfplatz mit einem Golfschläger erschlagen worden war. Neben dem Bett standen zwei zum Abtransport bereite Koffer.

»Danke«, sagte Hella und es lag kaum Trauer in ihrer Stimme, als sie mit Rudi-Carrell-Akzent fortsetzte: »Wär Willem nicht so knausrig gewesen, um die Tour fertigspielen zu müssen, dann würd er wohl noch leben und würd nicht von einem zufällig des Wegs Gekommenen erschlagen worden sein.«

»Sie meinen, es war Zufall, dass er erschlagen wurde?«, fragte Doblhofer skeptisch.

»Ja, was denn sonst?«, gab Hella zurück. »Glauben Sie gar, einer von uns drei …«

»Nun, da gab es doch Spannungen zwischen ihnen«, warf Doblhofer einen Versuchsanker aus. »Nach der Aussage des Minigolfbetreibers …« Er ließ offen, was der Mann ausgesagt hatte, weitere Angaben waren aber ohnehin nicht nötig, weil Hella sofort sagte: »Die Wiener Polizei genießt einen weltweit ausgezeichneten, bis ins tiefste Holland reichenden Ruf, daher würden Sie es wohl sowieso herausfinden. Willem hat sich während unseres Urlaubs an Linda rangemacht.«

»An Ihre Schwester?«

»Ja, natürlich an meine Schwester, oder glauben Sie, ich rede von Linda de Mol? Jedenfalls hat er mich während des Urlaubs mit Linda betrogen, mindestens zweimal und einmal noch dazu in der Sauna, während ich im Zimmer lag und Migräne hatte, und ich habe ihm gesagt, dass ich mich scheiden lasse. Und Linda werde ich enterben.«

»Aha.« Doblhofer trat ans Fenster und sah hinaus. Das Fenster ging in den Hof, der Minigolfplatz war von diesem Hotelzimmer aus nicht zu sehen. »Haben Sie mitbekommen, dass Ihr Mann das Zimmer verlassen hat, um die Runde Minigolf zu Ende zu spielen?«

»Ich will Sie nicht anlügen«, sagte Hella. »Natürlich habe ich bemerkt, dass er schon kurz nach sieben aufgestanden ist. Er hat sich ja extra den Wecker gestellt. Er wollte bis acht Minigolf spielen, dann wollten wir gemeinsam frühstücken und danach abreisen. Und um Ihrer Frage zuvorzukommen: Nein, ich bin ihm nicht nach, um ihn zu erschlagen. Ich hatte zwar, so wie es aussieht, ein Motiv, aber ich war es nicht.«

Doblhofer begab sich anschließend ins gegenüberliegende Zimmer, wo er Piet und Linda antraf. Während Piet einen verbissenen Eindruck machte, hatte Linda ganz offensichtlich geweint.

»Wann sind Sie heute in der Früh aufgestanden?«, wandte sich Doblhofer an die zwei, nachdem er auch von diesem Zimmer aus einen Blick durchs Fenster geworfen hatte. Man sah auf den Parkplatz und auf die Straße, die zum Minigolfplatz führte, der Platz selbst war nicht zu sehen.

»Kurz nach sieben«, gab Piet zur Antwort.

»Um auch auf den Minigolfplatz zu gehen?«, versuchte es Doblhofer mit einer Fangfrage.

Piet fiel aber nicht darauf rein. »Aber nein!«, rief er. »Ja, glauben Sie, ich will auf einer nassen Bahn Minigolf spielen? Da hätten wir ja gleich gestern Abend fertig spielen können. Nein, um noch gemütlich zu frühstücken.«

»Sie sind also gemeinsam um sieben in den Frühstückssaal gegangen?«

»Ja. Na ja, nicht um sieben, kurz vor acht dann«, sagte Linda. »Schlag fünf vor acht.« Doblhofer zuckte zusammen, sagte aber nichts, und Linda ergänzte: »Gemeinsam mit meiner Schwester übrigens.«

»Aha. Und dazwischen? Was haben Sie in der Dreiviertelstunde dazwischen gemacht?« Versöhnungssex offenbar nicht, so angespannt wie die Stimmung zwischen den Eheleuten war, dachte Doblhofer bei sich.

»Da haben wir gepackt«, gab Linda zur Antwort.

»Und dann hab ich die Koffer im Auto verstaut«, ergänzte Piet und Doblhofer stellte fest, dass sich in diesem Zimmer – anders als zuvor in Hellas – keine Koffer, Reisetaschen und Ähnliches mehr befanden.

In diesem Moment klopfte der Hotelmanager an der Tür und Doblhofer ging hinaus auf den Gang.

»Das ist höchst unangenehm für mich und mein Hotel«, flüsterte der Mann. »Um nicht zu sagen peinlich. Wie lange glauben Sie denn, dass Ihre Ermittlungen noch andauern werden?«

»Ich hoffe, nicht mehr allzu lange«, sagte Doblhofer. »Denn ich habe schon einen Verdacht.«

Wen verdächtigt Doblhofer?

Lösung: 17. Rätsel-Krimi

Er verdächtigt Piet, Willem – der sich an seine Frau herangemacht hatte – ermordet zu haben. Piet behauptet, nur die Koffer ins Auto getragen zu haben. In Wahrheit hat er durchs Fenster gesehen, wie sich Willem auf den Weg zum Minigolfplatz machte, ist ihm gefolgt und hat ihn erschlagen. Und verraten hat er sich, weil er wusste, dass die Minigolfbahn noch nass war – das konnte er nur wissen, wenn er auf der Anlage gewesen war.

ANSCHLAG BEI DER WIENER KRIMINACHT

Mit einem schmeichlerischen »Otto, kannst du mich am Dienstagabend in deinem Dienstwagen ein wenig in Wien herumkutschieren?«, wandte sich Frau Doblhofer an ihren Mann. »So mit Blaulicht und Pipapo …«

»Wie bitte?«, fragte der Oberinspektor entgeistert.

»Ich stelle mir gerade meine Tour zusammen«, erklärte seine Frau ihren Wunsch. »Ich will mir bei der Wiener Kriminacht am nächsten Dienstag einige dieser berühmten Krimiautoren einmal live anschauen. Da lesen auch einige Gmeiner-Autoren, etwa die Rossbacher, der Schmid, der Mini …«

»Aha, und?«, versuchte Doblhofer seine Frau zum Thema Dienstwagen zurückzubringen.

»Na ja, zeitlich wird's ein wenig knapp. Die Rossbacher liest schon ab 18.45 Uhr in einem Kaffeehaus im 9. Bezirk, der Schmid um 19.30 in einer Buchhandlung nahe der Mariahilfer Straße, der Mini, der ja im Hauptberuf Richter ist, um acht im Justizministerium … Da heißt es schnell sein, um vom einen Ort zum anderen …«

Es gelang Doblhofer, mit wohlbedachten Worten seine Gattin davon zu überzeugen, dass ein Herumkutschieren im Dienstwagen nicht infrage kam und sie wohl Prioritäten setzen musste. Er selbst war an Krimilesungen weniger interessiert, er war vor nicht allzu langer Zeit Jurymitglied bei einem Kurzkrimiwettbewerb gewesen und hatte dabei prompt einen Kriminalfall lösen müssen.

Als Doblhofer am nächsten Tag in seinem Büro saß, dachte er nicht mehr an die Kriminacht, da stürzte plötzlich eine Frau herein, die ihm beiläufig bekannt vorkam. Offenbar war auch die Frau der Meinung, dass Doblhofer sie kennen musste, denn sie stellte sich gar nicht erst vor, sondern sagte: »Herr Kommissar, Sie müssen aufklären, wer am Dienstag einen Anschlag auf mich vorhat!«

»Äh, Anschlag?«, fragte Doblhofer begriffsstutzig. »Am Dienstag? Auf Sie?«

»Ja, natürlich, da lese ich doch bei der Kriminacht, Sie werden wohl hoffentlich das Programm auf *www.kriminacht.at* studiert haben!«

Da erinnerte sich Doblhofer, wer die Frau war. Sie war Krimiautorin und eine der Teilnehmerinnen bei dem Wettbewerb gewesen, bei dem er in der Jury gesessen war. Sybille hieß sie (oder nannte sie sich jedenfalls, bei diesen Autoren wusste man ja nie, ob sie ihre wahre Identität nicht hinter Pseudonymen versteckten).

»Und woher wissen Sie, dass jemand einen Anschlag auf Sie verüben wird? Etwa gar bei Ihrer Lesung?«

»Ja, natürlich bei meiner Lesung, davon rede ich doch die ganze Zeit. Ich habe einen anonymen Anruf erhalten. Der Anrufer hat mit offenkundig verstellter Stimme gesagt, er sei ein Bekannter von Thomas und er habe zufällig belauscht, dass Thomas vorhabe, während meiner Lesung eine Stinkbombe mitten unter die Zuseher zu werfen. Er wolle mich warnen, da er ein Fan von mir sei – da kommen natürlich Zehntausende infrage –, dann hat er aufgelegt.«

»Aha. Ein gewisser Thomas also. Und wer soll das sein?«

»Ja, wenn ich das wüsste! Ich kenne viele Thomasse und leider sind mir davon mehrere nicht wohl gesonnen. Drei fallen mir auf Anhieb ein. Etwa mein vorletzter Lebensabschnittsgefährte.«

»Offenbar haben Sie sich im Streit getrennt?«

»Ja, das kann man wohl sagen. Wir haben noch jahrelang

vor Gericht um das Sorgerecht für unseren Pudel gestritten. Dann mein ehemaliger Verleger. Heißt auch Thomas. Auch gegen ihn musste ich prozessieren, weil er nie ordnungsgemäße Abrechnungen geliefert hat. Hat immer behauptet, meine Krimis verkaufen sich nicht, und auf den Flohmärkten sind sie dann zu Dutzenden aufgetaucht.«

»Aha. Und Thomas Nr. 3?«

»Ist ein *Kollege* von mir. Haben Sie eh die Anführungszeichen gehört? Auch ein *Krimiautor.*«

»Wieder Anführungszeichen?«

»Ja. Völlig talentlos und daher natürlich auch nicht zur Kriminacht eingeladen. Er behauptet, ich hätte in meinem letzten Roman eine Idee von ihm geklaut. Stimmt aber nicht, denn der Trick stammt von Agatha Christie …«

Doblhofer suchte daraufhin die drei Thomasse auf und konfrontierte sie mit dem Verdacht, einen Anschlag bei Sybilles Lesung vorzuhaben.

»Sybilles Lesungen sind mir scheißegal«, sagte ihr Ex-Lebensgefährte Thomas A. zu Doblhofer. »Ja, glauben Sie, ich tauche dort auf und bewerfe sie mit rohen Eiern oder Tomaten oder sonstigem Obst – mitten unter zahlreichen Zeugen, die eine Täterbeschreibung abgeben können, sodass man mich gleich identifizieren kann? Nein, wenn ich Sybille schaden wollte, dann würde ich ihr unseren Pudel vergiftet vor die Haustür legen …«

»Ach, haben Sie dann das Sorgerecht zuerkannt bekommen?«

»Ja. Ich musste zwar bis zum Obersten Gerichtshof gehen, aber auf unser Höchstgericht ist Verlass.«

Auch der Verleger – Thomas B. – stellte eine beabsichtigte Störaktion vehement in Abrede. »Stimmt schon, wir haben unsere Geschäftsbeziehung im Streit beendet«, sagte er, »aber die Betonung liegt auf *Geschäfts*beziehung und Geschäft ist Geschäft und Geschäft und Gefühle muss man trennen. Ich kann jemandem, mit dem ich vor Gericht über Honorarabrechnungen prozessiere, im sonstigen Leben durchaus stilvoll begegnen. Ja, Herr Inspektor, Stil ist meine Lebensart und nicht, einer ehemaligen Geschäftspartnerin bei einer Lesung die Bude vollzustinken.«

Wie nicht anders zu erwarten, wollte auch Sybilles Autorenkollege Thomas C. von einer Attacke nichts wissen. »In der Kriminacht pilgere ich von einer Lesung zur anderen, da bin ich zeitlich ziemlich im Stress«, sagte er und Doblhofer fragte sich, ob er auch von dem Autor gefragt werden würde, ob er sein Dienstauto für ein rascheres Fortkommen von einer Lesungsstätte zur nächsten ausleihen würde. »Da ist mir die Zeit zu schade, um bei einer dermaßen unbegabten und noch dazu schlecht vortragenden Autorin vorbeizuschauen. Wussten Sie, dass sie in ihrem letzten Roman eine meiner genialsten Ideen gestohlen hat? Geistigen Diebstahl nennt man das! Ja, es würde ihr schon recht geschehen, wenn sie jemand bei ihrer Lesung mit Giftpfeilen beschießt oder ihr das Mikro abdreht, wär eh eine Gnade für die Handvoll Zuhörer, wenn sie sie nicht verstehen können. Aber, aber ich habe das ganz gewiss nicht vor!«

Als Doblhofer wieder in seinem Büro war, griff er nach seinem Diensttelefon. »Hallo, Thomas. Oberinspektor Doblhofer hier. Ich weiß nun, dass Sie es sind, der den Anschlag auf Sybille vorhat. Da bislang noch keine strafbare Handlung verübt wurde, schlage ich vor, Sie unterlassen den Stinkbombenwurf einfach, dann brauche ich nichts weiter unternehmen.«

Welchen Thomas hat Doblhofer angerufen – A, B oder C?

Lösung: 18. Rätsel-Krimi

Doblhofer verdächtigt Thomas B., den Verleger. Denn dieser weiß, dass der Störenfried Sybille die »Bude vollstinken« will.

DREI TOURISTEN IN WIEN

Es hatte noch immer nicht zu regnen aufgehört, als Oberinspektor Doblhofer das Zweisternehotel nahe der Mariahilfer Straße betrat. »Na, wo ist denn das Opfer?«, wandte er sich an den Mann, der an der Rezeption Dienst tat.

»Im ersten Stock in seinem Zimmer«, gab der Portier gelangweilt zur Antwort und zeigte zur Treppe. »Zimmer 19. Der Arzt ist vor ein paar Minuten gegangen. Er sagt, es ist nur eine leichte Gehirnerschütterung.«

Doblhofer nickte, suchte vergeblich nach einem Schirmständer, in dem er seinen nassen Schirm deponieren konnte, und schritt dann nach oben. Er klopfte an die Tür, auf der die Zahl 19 stand, und trat nach einem wehleidig klingenden »Ja? Herein!« ein.

»Oberinspektor Doblhofer«, stellte er sich dem Mann vor, der auf dem Bett saß und einen Eisbeutel gegen seinen Hinterkopf hielt. »Sie haben die Polizei gerufen, weil Sie überfallen worden sind?«

»Ja. Richtig. Ach, ich könnte mich ohrfeigen ...«

»Nun, dann würden Sie der einen Körperverletzung noch eine weitere hinzufügen«, riet Doblhofer von dieser Maßnahme ab. »Wobei es allerdings nicht strafbar ist, sich selbst wehzutun. Aber vielleicht erzählen Sie mir alles von Anfang an?«

»Ich bin geschäftlich in Wien«, berichtete der Mann, der Manfred Müller hieß. »Ich handle mit Uhren. Und als hier in Wien eine Partie exquisiter Uhren zum Verkauf angeboten wurde, bin ich natürlich hierher gereist und in diesem noblen Schuppen abgestiegen. Na ja, in Zeiten wie diesen muss man ein bisschen sparen ...«

Doblhofer seufzte. Alle jammerten über die schlechten Zeiten … »Und?«, fragte er. »Haben Sie die Uhren bekommen?«

»Ja, Gott sei Dank. Ach, ich könnte mich ohrfeigen«, wiederholte Müller, sodass sich Doblhofer zu der Frage »Aber warum denn?« hinreißen ließ.

»Weil ich gestern Abend ein wenig zu viel getrunken und meinen drei Mittrinkern von meinem tollen Kauf berichtet habe – und auch davon, dass ich die Uhren in meinem Zimmer im Nachtkästchen aufbewahrt habe.«

»Aha. Das war wohl nicht besonders klug von Ihnen. Und Ihre drei Saufkumpane …«

»Der Detlev aus Hamburg, der Berndt aus Berlin und der Schorsch aus München.«

»Wenn Sie es sagen. Die drei haben Sie vorher noch nicht gekannt?«

»Nein. Das sind Touristen, die auch in dieser Bude abgestiegen sind und die ich gestern beim Frühstücksbuffet kennengelernt habe. Oder was man halt hier als Frühstücksbuffet bezeichnet. Ach, ich könnte mich …«

»Ohrfeigen, ich weiß schon«, sprach Doblhofer den Satz zu Ende. »Und was ist heute passiert?«

»Nun, ich saß gegen elf Uhr in meinem Zimmer, weil es da schon in Strömen regnete, seit der Früh geht das schon so dahin …«

»Ja, ja, ich weiß«, unterbrach ihn Doblhofer, da er sich nicht den Wetterbericht anhören wollte. »Und weiter?«

»Ich saß mit dem Rücken zur Tür«, berichtete Müller weiter, »und so sah ich nicht, dass plötzlich jemand mein Zimmer betrat, ich hörte es nur ein wenig quietschen, und als ich mich umdrehen wollte … zack, hatte mir der Eindringling auch schon eine übergezogen, und als ich aus meiner Ohnmacht wieder erwachte, waren die Uhren weg.«

»Aha. Und Sie verdächtigen den Detlev, den Berndt und / oder den Sepp.«

»Schorsch. Der aus München heißt Schorsch. Aber ja, ganz recht, die drei verdächtige ich. Einer von ihnen muss es gewesen sein.«

»Na, dann hör ich mir die drei einmal an.« Doblhofer begab sich zunächst in das Zimmer, das Detlev gemietet hatte. Er setzte ihn über den Verdacht in Kenntnis und fragte ihn dann, wo er um elf Uhr gewesen war.

»Bei eurem Steffl«, gab der Hamburger zur Antwort. »Gehört sich ja wohl für jeden Wien-Touristen, auch mal eure berühmteste Kirche von innen zu begucken. Hat mich schwer beeindruckt. Die größte Kirche von Österreich! Weniger schön fand ich, dass man Eintritt bezahlen muss, wenn man ins Zentrum vordringen will. Aber egal, gut drin sitzen war's trotzdem, noch dazu wo's draußen so stark geregnet hat. Die armen Pferde.«

»Äh, inwiefern?«

»Na, die Fiaker-Pferde. Die vor dem Steffl auf Kundschaft warten. Müssen da im Regen herumstehen. Wissen Se, ich bin ein Tierfreund und da tun mir die Pferdchen leid.«

Auch Berndt, der Berliner, war offenbar ein Tierliebhaber, denn er hatte Schloss Schönbrunn und im Anschluss daran den Tierpark besucht.

»Und – hat er Ihnen gefallen?«, fragte Doblhofer.

»Ich bin jetzt noch janz hinüber«, sagte Berndt. »Also, was der Zoo zu bieten hat! Da isses auch janz egal, dass es so jeregnet hat, denn da kann man sich ins Regenwaldhaus oder ins Aquarien- und Terrarienhaus zurückziehen und sich mal ein Krokodilchen oder so ansehen. Oder so 'n Piranha oder wie diese verrückten Fische heißen.«

»Hm«, machte Doblhofer nur.

»Und dann gibt's wohl nich viele Zoos, wo man sich auch Koalas und Pandabären angucken kann«, schwärmte Berndt weiter.

Doblhofer beschloss, von Berndts Begeisterung angesteckt, auch wieder einmal mit seiner Frau dem Zoo einen Besuch abzustatten, und begab sich einige Zimmer weiter, zum Münchner Schorsch.

»Wo waren Sie heute Vormittag um elf?«, fragte er ihn, nachdem er ihn über den Grund seines Besuchs aufgeklärt hatte.

»I – i woa im Proda«, sagte Schorsch mit stark bayerischem Akzent und als ihn Doblhofer mit leicht fragendem Blick ansah, setzte er auf Hochdeutsch hinzu: »Im Prater. Weil, woaßt, Kommissar, jetzt woari scho so oft in Wien, aber dass i innan Proda geh, is si nia net ausganga. Bsundas eicha Riesnrod woiti ma amoi oschaun. Des is jo fei hochberühmt.« Schorsch setzte noch hinzu, dass er als Münchner natürlich regelmäßig das Oktoberfest aufsuchte und dass dieses rein biermäßig dem Wiener Prater überlegen war, aber das berühmte Riesenrad hatte ihn schon schwer begeistert. »Obwois so gschütt hot«, schränkte Schorsch ein. »Oba wurscht, hob i mi hoit mitn aufgspanntn Schirm neigsetzt.«

Doblhofer floh vor dieser Dialektlawine, begab sich zum überfallenen Herrn Müller zurück und setzte ihn in Kenntnis, dass er schon eine Ahnung hatte, wer von den drei Verdächtigen ihm soeben ein falsches Alibi präsentiert hatte.

Wen verdächtigt Doblhofer?

Er verdächtigt Schorsch. Wenn der Münchner tatsächlich im Prater mit dem Riesenrad gefahren wäre, hätte er gemerkt, dass dessen Gondeln abgeschlossene Waggons sind, weshalb er keinen Schirm gebraucht hätte.

Lösung: 19. Rätsel-Krimi

SCHLAG NACH BEI SHAKESPEARE

»Vielen Dank für den Kaffee. Kaum zu glauben, dass wir Europäer den Kaffeegenuss erst Mitte des 17. Jahrhunderts kennengelernt haben …«

Oberinspektor Otto Doblhofer saß im Salon in der luxuriösen Villa von Professor Theo Ritsch, vor sich eine Tasse Kaffee und eine Schale Kekse. Professor Ritsch war Doblhofers Englischlehrer gewesen, später hatte sich dann zwischen den beiden Männern eine lockere Bekanntschaft entwickelt. Doblhofer besuchte alle paar Monate seinen ehemaligen Professor und dessen deutlich jüngere Frau Rita in deren Villa. Heute war Doblhofer aber nicht zu einer seiner üblichen Visiten da, sondern aufgrund eines Hilferufs von Rita Ritsch.

»Sie klangen sehr aufgeregt am Telefon«, sagte Doblhofer, während er Zucker in den Kaffee gab und umrührte.

»Ich habe auch allen Grund, aufgeregt zu sein. Aber seien wir leise, damit wir Theo nicht stören. Er sitzt im Musikzimmer und hört sich eine Schallplatte an. ›Romeo und Julia‹. Sie kennen ja seine Begeisterung für Shakespeare.«

»Seit meiner Schulzeit«, sagte Doblhofer mit einem etwas gequälten Gesichtsausdruck. »*To be or not to be* … Der Herr Professor ist aber auch eine allgemein anerkannte Koryphäe auf dem Gebiet Shakespeare.«

»Ja, er kennt jedes seiner Werke in- und auswendig, in Englisch und auf Deutsch, von vorne bis hinten und dann wieder zurück.«

»Er wäre ein hervorragender Telefonjoker bei dieser Millionen-Show, wenn es um eine Frage im Zusammenhang mit Shakespeare ginge«, meinte Doblhofer.

»Ja, wenn er sich solche Sendungen anschauen würde«, bestätigte Rita Ritsch. »Wegen seiner Leidenschaft für Shakespeare habe ich Sie hergebeten, Herr Doblhofer. Es gibt da einen Verein, der sich der Pflege des Andenkens an Shakespeare widmet. Theo hat oft mit dem Verein korrespondiert und Erfahrungen ausgetauscht. Nun, dem Verein geht es offenbar finanziell nicht recht gut, sodass er vor der Auflösung steht. Er besitzt aber angeblich einige Originalstücke von Shakespeare, die nun verkauft werden sollen.«

»Und der Herr Professor möchte sie erwerben?«

»Ja. Natürlich kosten diese Dinger ein Wahnsinnsgeld ...«

»Und Sie befürchten, dass man den verehrten Herrn Professor übers Ohr hauen will?«

»Ja. Theo wirft zwar mit Shakespeare-Zitaten um sich wie ein Weltmeister, in geschäftlichen Dingen ist er aber so naiv ... Und weil ich Ihren Spürsinn kenne, liebster Herr Doblhofer ... Zwei von diesem Verein kommen in wenigen Minuten zu uns, um Theo die Stücke zu zeigen. Wenn es Schwindler sind, müssen Sie sie entlarven!«

Bevor Doblhofer noch zu einer Erwiderung ansetzen konnte, nahte der Professor, was man an einem vor sich hingemurmelten »Es war die Nachtigall und nicht die Lerche« unschwer erkennen konnte. Der Anblick des Inspektors holte den Professor kurzfristig in die Wirklichkeit zurück. »Oh, Doblmüller, äh -hofer! Sie hier? Äh, guten Tag. Freundlich von Ihnen, dass Sie mich besuchen. Apropos besuchen. Ich erwarte ja Besuch, anderen Besuch ... Aber macht nichts, es wird auch Ihren Wissensstand erweitern, wenn Sie Originalstücke von Shakespeare ...« Da klingelte es auch schon. »Das werden sie sein!«, rief Professor Ritsch aufgeregt wie ein Frischverliebter. »Sein oder nicht sein, das ist hier die Frage ...«

Der Professor eilte zur Tür und öffnete. Ein Herr, der sich als Obmann des Vereins zur Pflege von Shakespeares Werken ausgab, sowie eine Dame, die sich als Schriftführerin und Vereinskassiererin vorstellte, standen vor der Tür, beide mit Kartons reich bepackt. Sie wurden von Professor Ritsch überschwänglich willkommen geheißen und ins Haus gebeten, wo sie nach allgemeiner Begrüßung die mitgebrachten Stücke auspackten.

»Sehen Sie nur, Herr Professor«, sagte der Vereinsobmann, »diese Tabakspfeife hat Shakespeare selbst geraucht, sie stammt aus dem Jahr 1599. Unser Verein ist durch eine Verkettung glücklichster Umstände in ihren Besitz gekommen …«

»Muss sich jetzt aber leider von ihr wie von allen Stücken trennen«, setzte die Kassiererin den Satz fort. »Und da wir Sie, sehr verehrter Herr Professor, als wahren Shakespeare-Liebhaber kennen, sind unsere kleinen Lieblinge in Ihren Händen wohl am besten aufgehoben.«

»Warte doch, liebste Miriam«, sagte der Obmann lachend, »fall nicht gleich mit der Tür ins Haus. Wie sagte doch der Meister so treffend: ›Schwachheit, dein Name ist Weib‹. Der Herr Professor soll die Stücke erst gewissenhaft prüfen. Hier ein Brief von Shakespeare an den Schauspieler des Othello. Da seine Lesebrille.«

»Dass nach dem Genie Shakespeare nun ein unwürdiger Mensch wie ich durch diese Gläser blicken soll, entweiht sie beinahe«, sagte der Professor ehrfürchtig.

»Nun seien Sie doch nicht so bescheiden, Herr Professor«, sagte die Vereinskassiererin. »Da haben wir auch noch sein Kaffeeservice; die Kanne und zwei Tassen sind erhalten geblieben.«

»Fantastisch!«, rief Professor Ritsch. »Na, was sagen Sie dazu, Doblhofer?«

»Tja, die Tassen sehen wirklich alt aus.«

»Ach, Sie verstehen eben nichts von dem Geist, der aus all diesen Dingen atmet«, sagte der Professor leicht verärgert. »Dass Shakespeare mit seinen Dichterhänden Kaffee aus dieser Kanne in eine dieser Tassen füllte, sie dann zum Mund führte, aus ihr trank und möglicherweise dabei Inspirationen für sein nächstes Meisterwerk empfing ...« Er atmete tief ein. »Ich kaufe. Alles. Folgen Sie mir bitte in mein Büro, damit wir über den Preis reden.«

»Gern«, sagte der Obmann. »Gut gebrüllt, Löwe.«

»Shakespeare, ›Sommernachtstraum‹«, jubelte der Professor entzückt.

Sobald die drei den Raum verlassen hatten, rief Rita Ritsch verzweifelt: »Herr Doblhofer, so greifen Sie doch ein! Ich spüre förmlich, dass da etwas nicht stimmt.«

»Sie haben recht«, sagte Doblhofer. »Die beiden sind eindeutig Schwindler. Oder mit den Worten des Dichters gesprochen: ›Etwas ist faul im Staate Dänemark.‹ Und wir können Sie auch des Schwindels überführen.«

»Ja? Tatsächlich? Das wäre herrlich! Aber wie denn?«

Woraus schließt Oberinspektor Doblhofer, dass die beiden Schwindler sind?

Lösung: 20. Rätsel-Krimi

Shakespeare lebte um 1600 (1564–1616), der Kaffee wurde aber erst um die Mitte des 17. Jahrhunderts nach Europa gebracht. Shakespeare hat daher in seinem Leben nie den Kaffeegenuss kennengelernt und kann daher auch kein Kaffeeservice besessen haben.

HARALDINI IST TOT!

Oberinspektor Otto Doblhofer hatte sich das Büro des Chefredakteurs einer großen Tageszeitung ganz anders vorgestellt – modern eingerichtet, mit luxuriösen Ledermöbeln, einem teuren Glastisch mit einer Flasche erlesensten Cognacs darauf, an der Wand wenn schon kein Picasso so zumindest ein Fuchs, Brauer oder Rainer … Daher war er einigermaßen enttäuscht, dass dieses spezielle Chefredakteurbüro nicht wesentlich anders aussah als sein eigenes Zimmerchen in der Mordkommission – mit Möbeln aus den 1980er-Jahren, einer Flasche stilles Mineralwasser auf dem ebenso alten Schreibtisch und an der Wand ein handgerahmtes Foto vom vorletzten Jesolo-Urlaub. Der wesentliche Unterschied zu seinem Büro bestand darin, dass in seinem nicht ein Mann niedergeschlagen mit auf die Hände gestütztem Kopf am Schreibtisch saß und in einem fort wehklagend »Haraldini ist tot! Haraldini ist tot!« ausrief.

»Nun beruhigen Sie sich doch, Herr Gfällner«, versuchte es Doblhofer aufs Neue. »Erzählen Sie mir lieber, wie Sie die Leiche gefunden haben.«

Chefredakteur Wilhelm Gfällner zuckte zwar beim Wort ›Leiche‹ zusammen, fasste sich dann aber und sagte einigermaßen ruhig: »Haraldini war unser großer Krimistar. Millionen Leser freuten sich allwöchentlich auf seinen Kurzkrimi in der Wochenendbeilage – *der Mini-Krimi von M. Haraldini*, Sie selbst werden ihn sicher auch immer gelesen haben …«

Doblhofer nickte nur, obwohl er sich nicht erinnern konnte. Er mochte keine Kurzkrimis. Und Rätsel-Krimis noch viel weniger. »Äh, das M steht für –?«

»Massimo. Massimo Haraldini. Wobei ich annehme, dass es ein Künstlername ist. Beziehungsweise ein Anagramm.

Ja, ich nehme an, M. Haraldini ist ein Anagramm für seinen wirklichen Namen. Sie wissen ja wahrscheinlich, was ein Anagramm ist?«

Doblhofer nickte wieder und führte den Chefredakteur zum Thema zurück. »Nun, bei uns in der Redaktion findet gerade eine große Umstrukturierung statt«, berichtete Gfällner weiter. »Daher habe ich Haraldini für drei Uhr zu mir in die Redaktion gebeten, um mit ihm die weitere Vorgehensweise abzuklären. Da ich noch beschäftigt war, hat ihn meine Sekretärin einstweilen in ein Besprechungsbüro ein paar Zimmer weiter geführt, damit er dort auf mich wartet, und ihm einen Kaffee und einen Zwetschkenkuchen gebracht. Und als ich ihm dann – etwa zehn Minuten nach drei – ins Besprechungszimmer folgte, habe ich ihn tot aufgefunden. Erstochen.«

Doblhofer nickte zum dritten Mal hintereinander. Die Tatwaffe – das Messer, das Gfällners Sekretärin mit dem Kuchen mitgebracht hatte, damit sich der gefeierte Krimistar so viele Stücke abschneiden konnte wie er wollte – hatte noch in der Brust des Toten gesteckt, als ihn Doblhofer vor Kurzem selbst in Augenschein genommen hatte.

»Wer könnte denn einen Grund haben, Haraldini zu ermorden?«, fragte Doblhofer.

»Keine Ahnung«, antwortete Gfällner schnell – für Doblhofers Begriffe etwas zu schnell. Und als Gfällner merkte, dass sich der Polizist mit seiner Antwort nicht zufrieden gab, setzte er hinzu: »Na ja, recht beliebt war er nicht. Er wusste, dass er der Star auf dem Gebiet der Kurzkrimis war – er schrieb schon seit gut zehn Jahren für uns mit nur wenigen Unterbrechungen, wenn er etwa auf Weltreise war oder länger krank oder« – er räusperte sich –, »auf Entzug oder so, dann sprang Erich Schmidt für ihn ein …«

»Und?« versuchte Doblhofer, den Zeitungsmenschen zum Thema zurückzubringen.

»Und seinem Starruhm entsprechend verlangte er immer mehr Geld für seine Beiträge.«

»Aha. War zu erwarten, dass er aufgrund Ihrer innerbetrieblichen Umstrukturierung wieder eine Gehaltserhöhung wollte?«

Gfällner zuckte zusammen, als habe der Inspektor einen wunden Punkt berührt. In diesem Moment drang Lärm vom Flur ins Redaktionszimmer herein. »Ich hab Ihnen vorhin schon gesagt, dass der Herr Chefredakteur jetzt für Sie keine Zeit hat«, war eine Frauenstimme zu vernehmen, dann wurde die Tür aufgerissen und ein Mann betrat das Büro. »Herr Chefredakteur«, begann er mit entschlossener Stimme, »ich verlange …«, dann sah er, dass Gfällner nicht allein war, und verstummte.

»Schmidt!«, rief Gfällner. »Was wollen denn Sie von mir?« Und zu der Frau, die dem Eindringling mittlerweile gefolgt war, sagte er: »Christiane, es ist schon gut, lassen Sie ihn herein, die Polizei ist eh da, die wird mich schon vor ihm beschützen.«

»Ich hab ihm kurz vor drei schon gesagt, dass Sie beschäftigt sind«, entschuldigte sich die Sekretärin.

»Sie sind Erich Schmidt, der Krimiautor?«, fragte Doblhofer den aufgebrachten jungen Mann.

»Ja. Sie kennen mich?« Schmidt war ganz offensichtlich geschmeichelt. Noch geschmeichelter wäre er wahrscheinlich gewesen, wenn Doblhofer ›der *berühmte* Krimiautor‹ gesagt hätte.

»Der Herr Chefredakteur hat Ihren Namen erwähnt. Sie waren sozusagen Haraldinis Stellvertreter?«

Schmidt nickte. »So kann man meine triste Lage als Autor wohl bezeichnen. Sein Stellvertreter. Und jetzt, wo Haraldini tot ist – ich hab den Menschenauflauf gesehen, die vielen Polizisten, den Sarg, Sie können mir nichts vormachen«, Schmidt wandte sich an Gfällner, »da verlange ich, dass ab nun *ich* die Kurzkrimis für Sie schreibe. Ich habe lange genug gewartet ...«

»Mein liebster Schmidt, wie können Sie mich im Zeitpunkt dieses immensen Schmerzes über den Verlust dieses Krimigenies mit so einer Forderung überfallen?« Gfällner war dem Weinen nahe.

»Sie wollten um drei Uhr schon zum Chefredakteur?«, fragte Doblhofer den Autor.

»Ja, aber die Sekretärin sagte mir, er habe eine Konferenz und ich solle wegen einem Termin anrufen, daher bin ich wieder gegangen und mit dem Lift hinuntergefahren. Beim Heimgehen hab ich es mir dann anders überlegt.« Und wieder zu Gfällner gewandt, sagte er pathetisch: »Ich habe lange genug die zweite Geige spielen müssen, *mich* können Sie nicht mit Kaffee und Kuchen abspeisen!«

»Und daher sind Sie wieder zurück, verstehe. Haben Sie gewusst, dass Haraldini im Gebäude weilte? Ihn vielleicht sogar gesehen?«

Als der Autor verneinte, wandte sich Doblhofer an die Sekretärin, die merklich nervös war. »Und Sie? Was verbergen Sie vor mir?«

»Nun, weil Sie es sowieso herausfinden werden«, sagte Christiane, »Haraldini war eine Zeit lang mein Lover. Sie wissen ja, wie das so ist, er der strahlende berühmte Autor mit viel Geld, ich die kleine Redaktionssekretärin, da hat er mich rumgekriegt, rum und ins Bett, und mit mir herumpoussiert, bis ...« Sie verstummte.

»Bis?«

»Bis ich von ihm schwanger war und er verlangte, dass ich abtreibe.« Die Exgeliebte des Krimistars bebte innerlich vor Zorn.

»Sodass Sie im Streit auseinander gegangen sind?«, fragte Doblhofer das Offensichtliche.

»Das können Sie laut sagen.«

»Aber, Christiane, Sie haben ihn doch hoffentlich nicht umgebracht?«, warf Gfällner ein. »Noch dazu mit dem Messer aus der Redaktionsküche! Haraldini mag ja charakterlich ein Schwein gewesen sein, aber er war ein Fixstern am Himmel des Kurzkrimis …«

»Was, Sie glauben, dass ich …«, gab Christiane entrüstet zurück. »Na, da kommen doch viel eher Sie infrage! ›Jetzt will er sicher wieder einen Hunderter mehr‹, haben Sie sich bei mir beklagt, ›Wenn er nicht so gut wäre, würd ich ihn eh beim Fenster hinausschmeißen.‹ Ja, aus dem Fenster hinausschmeißen! Aus dem 8. Stock!«

»Das hab ich ja nicht so gemeint«, entgegnete Gfällner mit hochrotem Kopf.

»Was ist jetzt? Darf *ich* ab jetzt die Kurzkrimis schreiben?«, fragte Schmidt.

»Kommt gar nicht infrage«, erwiderte Gfällner. »Nach Haraldinis Tod können wir die Auflage der Wochenendbeilage ins Unermessliche steigern, wenn wir als Retrospektive sein gesamtes Werk veröffentlichen! Alle Kurzkrimis der vergangenen zehn Jahre! Merkt eh keiner, dass es Wiederholungen sind …«

Und während Schmidt ob dieser Eröffnung ohnmächtig zu Boden sank, ergriff Doblhofer das Wort: »Nun, die Fingerabdrücke am Messer werden den Täter mit Sicherheit überführen. Aber ich weiß jetzt schon, wer Haraldini ermordet. Ich verhafte hiermit …«

Wen verhaftet Doblhofer wegen des Mordes am Krimiautor?

Lösung: 21. Rätsel-Krimi

Haraldinis Krimiautorenkollege Schmidt hat sich durch die Bemerkung »Mich können Sie nicht mit Kaffee und Kuchen abspeisen!« verraten.

ES WAR ER!

Oberinspektor Otto Doblhofer musterte die sechs Tatverdächtigen, die sich im geräumigen Arbeitszimmer des ermordeten Generaldirektors Willibald Schupp eingefunden hatten: die beiden Söhne Ernst und Erwin, die Töchter Erika und Ernestine, die Sekretärin des Ermordeten Barbara Ertel, und, etwas abseits sitzend, Adalbert Fromm, der als Freund von Erwin am Abend des Mordes ebenfalls in der Villa geweilt hatte und daher, obwohl er und der Ermordete sich gar nicht gekannt hatten, auch zum Kreis der Tatverdächtigen zählte.

Als die Spannung schier unerträglich zu sein schien, ergriff Doblhofer endlich das Wort: »Meine Damen und Herren, ich habe Sie heute hierher bestellt, weil einer von Ihnen Generaldirektor Schupp ermordet hat. Vor etwa einem Monat wurde er hier in diesem Raum erschossen. Wir alle wissen, dass er ein steinreicher Mann war – der Leiter der Schupp-Werke, der sich soeben vom Geschäftsleben zurückgezogen hatte und dabei war, seine Memoiren zu schreiben; genau gesagt, sie auf Tonband zu sprechen, das seine Sekretärin – Frau Barbara Ertel – dann übertrug. Beim Tonbanddiktat war Generaldirektor Schupp auch am Abend seines Todes, als sein Mörder an die Tür klopfte. Auf dem Tonband ist über den letzten Worten deutliches Klopfen zu hören. Jedenfalls schaltete Generaldirektor Schupp während des darauf folgenden Gesprächs mit der Person, die ihn dann ermorden sollte, das Tonband ab. Dann wurde er angeschossen, der Mörder verwendete einen Schalldämpfer, daher hörte niemand der im Haus Anwesenden den Schuss. Schwer verwundet gelang es Schupp jedoch noch, das Diktiergerät nochmals einzuschalten und der Nachwelt einen Hinweis auf seinen Mörder zu geben.«

Der Oberinspektor legte eine Kassette in das auf dem Schreibtisch stehende Tonbandgerät und drückte den Start-Knopf. Die sechs Verdächtigen hörten voll Spannung die letzten Worte des Mannes, den einer von ihnen ermordet hatte: *»und da machte es meiner Tochter nicht das Geringste aus, ihrem Bruder …«* An dieser Stelle unterbrach das Diktat und es war zunächst deutliches Klopfen zu hören und dann das typische Geräusch, wenn eine Tonbandaufnahme beendet wird. Kurz darauf war das Tonbandgerät wieder eingeschaltet worden, und man hörte mit schwerer Stimme die Worte *»Es war Er«*.

Doblhofer schaltete das Tonbandgerät wieder aus. Keiner der Tatverdächtigen sagte etwas.

»Nun: *Es war Er*«, wiederholte Doblhofer Schupps letzte Worte. »Der Hinweis des Ermordeten auf seinen Mörder. Aber wie ist er zu deuten? Als Hinweis auf das Geschlecht? Da drei der zur Tatzeit im Haus befindlichen Leute männlich waren, war mit diesem Hinweis niemandem gedient.«

»Mann, machen Sie's nicht so spannend«, warf Erich Fromm ein. »Schließlich sind Sie nicht Hercule Poirot, auch wenn Sie sich so benehmen. Sagen Sie, wer's war, und verhaften Sie den Kerl.«

»Nur Geduld! Betrachten wir das Motiv. Jedes einzelne der vier Kinder wünschte seinem Vater einen baldigen Tod. Nicht nur, dass Generaldirektor Schupp von Natur aus ein bösartiger alter Mann war, der monatlich sein Testament änderte und seine Kinder finanziell äußerst kurz hielt, konnte er ihnen durch die Herausgabe seiner Memoiren nicht wiedergutzumachenden Schaden zufügen. Wenn er in seinem Buch etwa erwähnte, dass Ernst in seiner Eigenschaft als Leiter der Innsbrucker Filiale drei Millionen Euro unterschlagen hatte –«

Ernst sprang auf. »Das ist eine Verleumdung! Dafür haben Sie keine Beweise!«

Doblhofer achtete den Einwand nicht und fuhr ungerührt fort: »Oder dass Erika sich nichts aus Männern macht und ihr Bett lieber mit jungen – sehr jungen – Frauen teilt und sich dabei live im Internet zusehen lässt –«

»Na wenn schon«, blieb Erika gelassen. »Noch lange kein Grund, den eigenen Vater umzubringen.«

»Oder dass er Erwin verdächtigte, gemeinsam mit einem Komplizen eine Bank ausgeraubt zu haben …«

»Verdächtigte«, sagte Erwin ruhig. »Die Betonung liegt auf Verdacht. Ein unbewiesener, falscher Verdacht. Aber Kompliment, Herr Inspektor, Sie haben gut recherchiert.«

»Vielen Dank. Das ist mein Beruf. Sie sehen, es ist naheliegend, dass eines der Kinder am bewussten Abend den alten Herrn in diesem Zimmer hier aufsuchte, ihn beschwor, ihn in den Memoiren ungeschoren zu lassen, und ihn schließlich, als er sich weigerte, erschoss.«

»Na los, sagen Sie uns endlich, wer von uns es gewesen sein soll«, meldete sich Adalbert Fromm zu Wort. »Ich hab nicht bis in alle Ewigkeit Zeit, Ihrem Monolog zuzuhören. Wie Sie wissen, kannte ich den alten Schupp gar nicht und war nur zufällig an jenem Abend hier in der Villa, weil ich Erwin besucht habe. Dann wurde es spät, ich hatte etwas zu viel getrunken, und da überredete man mich, in der Villa zu übernachten … Aber das ist Ihnen ja alles bekannt. Sie haben mich gebeten, Ihnen bei der Aufklärung des Falles hier am Tatort Assistenz zu leisten, aber ich habe nicht endlos Zeit …«

»Nur Geduld, Herr Fromm. Ich weiß, Sie waren am Abend des Mordes bloß als Freund von Erwin hier im Haus.«

»Na, und was ist mit mir?«, warf Ernestine ein. »Mein Motiv haben Sie noch nicht erwähnt. Da bin ich doch wirklich gespannt, was Sie mir andichten wollen.«

»Nessi, unterbrich den Herrn Inspektor doch nicht bei seinen Ausführungen«, wies sie ihr Bruder Erwin zurecht. »Wie Bertl richtig sagte, haben wir nicht endlos Zeit.«

Als niemand darauf etwas entgegnete, ergriff der Oberinspektor wieder das Wort. »Na, dann erlauben Sie mir, zu diesem Tonband zurückzukommen. Technische Untersuchungen der Tonbandaufnahme haben ergeben, dass nach den letzten Worten, die ich Ihnen vorgespielt habe – Sie erinnern sich: *Es war Er* – die Stimme des Sterbenden nicht etwa brach, sodass er nicht mehr in der Lage war, den ganzen Namen auszusprechen. Nein, der Rest des Namens wurde ganz eindeutig gelöscht! Der Mörder muss beim Verlassen des Raumes gehört haben, wie Schupp seinen Namen aufs Tonband sprach. Er kam zurück, erkannte, dass er den Verdacht gleichmäßig auf alle vier Kinder verteilen konnte, wenn er nicht den gesamten Namen löschte. Ihnen wird sicherlich aufgefallen sein, dass die Namen aller vier Kinder mit den Buchstaben E-R beginnen. Daher löschte der Mörder das Tonband erst nach dem bewussten *Er*.«

Unruhig rutschten die vier Kinder des Ermordeten auf ihren Sesseln umher. Frau Ertel betrachtete anscheinend desinteressiert ihre Fingernägel, während Adalbert Fromm ungeduldig mit den Fingern auf der Sessellehne trommelte.

»Wenn wir nun die vier Namen näher betrachten«, setzte Doblhofer die Aufklärung des Mordes fort, »merken wir, dass es sich jedes Mal um ein anderes ER handelt. Erika etwa hat ein langgezogenes E, Erwin und Ernestine haben dafür ein kurzes, und bei Ernst ist das ER gar keine eigene Silbe, hier geht das ER gleich in den Rest des Namens über. Na, horchen wir uns die letzten Worte des Sterbenden noch einmal an.«

Doblhofer spulte das Band etwas zurück und drückte erneut die Start-Taste. Nachdem Schupps letzte Worte ein weiteres Mal erklungen waren, sagte er: »Nun, das ist eindeutig kein lang gezogenes ER wie bei Erika. Es ist aber genauso eindeutig eine eigenständige Silbe, anders als bei Ernst. Was schließen wir daraus?«

Erwin und Ernestine sahen den Polizisten entrüstet an. »Sie glauben doch nicht etwa, dass ich«, rief Ernestine, und auch Erwin schien seine Fassung verloren zu haben. »Da hört sich doch alles auf!«, sagte er. »Sie wagen es, mich zu verdächtigen, nur aufgrund irgendwelcher Eigenheiten in der Betonung einer Silbe? Ich muss schon sagen …«

»Nur mit der Ruhe«, mahnte Doblhofer. »Sie müssen sich den Tatsachen stellen. Es ist nicht zu leugnen, dass das ER die erste kurze Silbe eines Namens ist. Nur heißt es nun *Er*win oder *Er*nestine?«

»Ich sagte ja schon, dass ich gespannt bin, welches Motiv Sie mir unterstellen«, sagte Ernestine.

»Keines«, antwortete Doblhofer sanft. »Ich habe keines gefunden. Und ich habe Sie auch von Vornherein nicht als verdächtig betrachtet. Schließlich werden Sie von allen nicht mit Ihrem vollen Namen Ernestine gerufen, sondern – wie wir zuvor gerade gehört haben – Nessi. Wenn Ihr Vater auf dem Tonband einen Hinweis auf Sie hinterlassen hätte, hätte er sicherlich nicht gesagt: *Es war Ernestine*, sondern *Es war Nessi*. Nein, Sie habe ich von vornherein von den Verdächtigen ausgeschlossen.«

»Aber das heißt doch – Erwin!«

Während Erwin zuvor noch aufbrausend auf die Anschuldigung reagiert hatte, blieb er nun still. »Sie sind verrückt«, sagte er dann. »Vollkommen verrückt.«

Doblhofer ging auf die Beleidigung nicht weiter ein, sondern fuhr fort: »Doch urteilen wir nicht vorschnell. Es gibt noch eine weitere Person, deren Name mit der kurz gesprochenen Silbe ER beginnt. Frau Ertel!«

Die Frau, die Schupps Sekretärin gewesen war, lachte auf. »Ihre Fantasie treibt wohl Blüten, Herr Inspektor! Was sollte ich denn für ein Motiv gehabt haben, ihn zu ermorden? Ich verdiente gut bei ihm. Warum sollte ich ihn umbringen?«

»Ihr Arbeitgeber pflegte alle paar Monate sein Testament zu ändern. In der letzten Version des Testaments vor seinem Tod waren Sie, Frau Ertel, als seine Haupterbin eingesetzt. Sie haben befürchtet, dass er sein Testament neuerlich ändern könnte …«

»Blödsinn. Da wäre doch der Verdacht sofort auf mich gefallen. Selbst wenn er sein Testament geändert hätte, ich hätte ihn schon wieder dazu gebracht, es wieder umzuschreiben. Schließlich bin ich eine Frau und er ist – war – ein Mann. Ein alter Mann zwar, aber ein Mann.« Sie widmete sich wieder ihren Fingernägeln.

»Sie haben recht, Frau Ertel, Sie waren es auch nicht. Denn wenn Schupp einen Hinweis auf Sie hinterlassen hätte, hätte er gesagt *Es war Barbara* oder *Es war Babsi* oder etwas in der Art, meinetwegen auch *Es war die Ertel* oder *Es war Frau Ertel*, aber auf gar keinen Fall bloß *Es war Ertel.* Nein, Sie waren es auch nicht.«

»Na, da bin ich aber beruhigt. Aber dann bleibt doch nur noch – Erwin!«

»Sieht so aus«, fuhr Doblhofer fort. »Aber überlegen wir doch weiter: Wenn tatsächlich Erwin der Mörder war, musste es doch für ihn einigermaßen riskant sein, die erste dermaßen belastende Silbe auf dem Tonband zu belassen. Nein, Erwin hätte sicher den gesamten Hinweis seines Vaters auf ihn gelöscht.«

Erwin sah den Inspektor verwundert an. »Aber wenn wir alle es nicht waren, wer war es dann?«

»Am Abend des Mordes war noch eine sechste Person

im Haus: Adalbert Fromm. Keine Angst, Herr Fromm, es folgt nun kein weiterer langer Monolog, ich mache es kurz: Sie, Herr Fromm, haben Generaldirektor Schupp ermordet.«

»Das ist ja lächerlich. Was hätte ich denn für ein Motiv gehabt? Ich kannte den alten Schupp ja gar nicht. Ich war bloß als Freund –«

»Von Erwin hier im Haus, jaja, Herr Fromm, das wissen wir schon. Nun, Schupp verdächtigte Erwin doch, dass er einen Bankraub begangen hatte. Und zwar mit einem Komplizen. Ja, Herr Fromm, dieser Komplize sind Sie! Sie wussten von Erwin, dass Schupp an seinen Memoiren arbeitete und vorhatte, darin Erwins Bankraub zu erwähnen. Sie wollten nun von Schupp in Erfahrung bringen, wie viel er über Ihre Komplizenschaft wusste, suchten ihn hier in seinem Zimmer auf, und anhand Ihrer wohl etwas ungeschickten Fragen erriet Schupp, dass Sie der ihm bis dato unbekannte Komplize waren. Daher erschossen Sie ihn. Es hat keinen Zweck zu leugnen. Der Weg der Tatwaffe wurde genau verfolgt und er führt haarscharf zu Ihnen.«

»Dann ist es wohl besser, ich sage kein Wort mehr ohne meinen Anwalt«, sagte Adalbert Fromm.

Nachdem Fromm abgeführt worden war, wandten sich die vier hinterbliebenen Kinder an Doblhofer: »Eines müssen Sie uns noch erklären, Herr Oberinspektor. Fromms Name fängt ja nun wahrlich nicht mit einem ER an, weder sein Familien- noch sein Vorname und auch sein Spitzname Bertl nicht. Wenn er der Mörder ist, was soll dann dieser mysteriöse letzte Hinweis unseres Vaters heißen?«

Was sollte der Hinweis bedeuten?

Lösung: 22. Rätsel-Krimi

Fromm wurde von Erwin ins Haus gebracht. Der alte Schupp kannte ihn bis dahin noch nicht. Wenn nun Schupp im Sterben einen Hinweis auf ihn geben wollte, so wusste er den Namen seines Mörders nicht! Er bezeichnete ihn daher kurz »Erwins Freund«. Schupps letzte Worte lauteten: »Es war Erwins Freund«.

HOLGER IN LONDON

Als Oberinspektor Otto Doblhofer kurz nach halb sechs Uhr am Abend mit einem fröhlichen Pfeifen die Tür zu seiner Wohnung aufsperrte, geschah dies in der Hoffnung, von seinem Frauchen mit einem Kuss (zumindest) auf die Wange, den Hauspantoffeln und der Ankündigung, das Essen würde in wenigen Minuten fertig sein, begrüßt zu werden. Obwohl er den obligaten Kuss (nur) auf die Wange erhielt, sah er sofort in den Augen seiner Frau, dass etwas anders war.

Und wirklich! »Wir sind nicht allein«, flüsterte sie ihm zu und zerrte ihn in die Küche, wo Doblhofer mit einem raschen Blick auf den Herd feststellte, dass an warmes Essen nicht zu denken war.

»Nicht allein?«, wiederholte Doblhofer. »Haben wir Besuch? Wer beehrt uns denn …?«

»Iris«, antwortete seine Frau nur.

Doblhofer runzelte die Stirn. »Iris? Deine Schwester? Die besucht uns doch sonst nie. Seitdem ihr Mann Holger diesen tollen Job beim Außenministerium hat, wo er so viel reisen muss, meinen sie ja, sie sind was Besseres …«

»Und genau darum geht es«, unterbrach ihn seine Frau.

»Dass sie was Besseres sind?«

»Nein, um Holgers Job beim Außenministerium. Iris glaubt, dass Holger fremdgeht.«

»O weh«, war alles, was Doblhofer darauf einfiel. »Und da kommt sie, um sich bei dir auszuweinen? Um halb sechs am Abend? Kann sie das nicht am Nachmittag machen, wenn ich in der Arbeit bin und Verbrechern nachjage?«

»Sie will zu dir«, sagte Doblhofers Frau, und als Doblhofer verwundert »Zu mir?« rief, nickte sie und setzte dazu: »Sie vertraut auf deinen phänomenalen Spürsinn und meint, du kannst ihr Gewissheit geben, ob Holger sie betrügt.«

»Ich? Aber wie?«

»Holger ruft sie dann an. Er ist beruflich in London – behauptet er jedenfalls …«

»Und Iris hat daran Zweifel?«

»Ja. Sie glaubt, dass Holger diese London-Reise nur als Vorwand nutzt und sich in Wahrheit mit einer Geliebten in irgendeiner Therme in Österreich vergnügt.«

»Aha. Gut möglich. Wir haben so viele schöne Thermen in Österreich. Und als Mitarbeiter des Außenministerium hat man sicher viele Möglichkeiten, eine Reise vorzutäuschen und in Wahrheit mit seinem Liebchen irgendwo zu …«

»Bitte keine erotischen Details, Otto«, mahnte Frau Doblhofer. »Bist du so lieb und hilfst Iris? Mir zuliebe.«

»Dir zuliebe tu ich das natürlich schon«, schnurrte Doblhofer. In diesem Moment stürmte auch schon seine Schwägerin in die Küche und rief ohne weitere Begrüßung: »Otto, du musst herausfinden, ob Holger eine Geliebte hat!«

»Ja, ja, gern, hallo übrigens, aber wie stellst du dir das vor? Ich bin ja kein Privatdetektiv …«

»Holger ruft mich um etwa dreiviertel sechs aus seinem Londoner Hotel an. Zumindest behauptet er, dass das Hotel in London steht. Ich werde mit ihm reden und du wirst mir dann sagen, ob mich dieses Schwein belügt, ob er nicht in Wahrheit mit seiner Sekretärin, dieser Schlampe, in einem Hotelzimmer irgendwo in Österreich auf dem Bett liegt, wo sie sich dann nach dem Telefonat die Bäuche wund lachen über seine dämliche Frau, die nichts merkt …« Iris hatte sich in Rage geredet – in Rage, aber auch in Verzweiflung, und zum ersten Mal tat Doblhofer seine Schwägerin leid. Er zog sie an sich und flüsterte »Wird schon gut werden …«

In diesem Moment läutete auch schon Iris' Handy.

»Das wird er sein!«, rief sie aufgeregt. »Ich schalte auf laut, damit ihr mithören könnt.«

»Hallo, Schatz, bist du's?« Doblhofer erkannte Holgers Stimme.

»Ja, natürlich, wer soll's denn sonst sein«, antwortete Iris. »Wo bist du?«

»In meinem Hotel in der Nähe der Westminster Bridge. Kolossal, sage ich dir. Ich war ja schon einige Male in London, meistens dienstlich, wie du weißt, aber so zentral war ich noch nie untergebracht. Quasi mitten in der Stadt. Wenn ich auf den Balkon gehe, kann ich direkt das *London Eye* sehen – du weißt schon, dieses gigantische Riesenrad. Das werde ich mir dann nach dem Abendessen etwas genauer anschauen – wir Ministeriumsmitarbeiter sind jetzt zu einem Six-O'Clock-Dinner eingeladen – und danach mache ich vielleicht noch einen Verdauungsspaziergang zum Hyde Park hinüber. Ist ja nicht weit, über die Themse rüber und dann vielleicht noch ein Viertelstündchen zu Fuß …«

»Wie ist das Wetter denn so bei euch in London?«, fragte Iris harmlos.

»Nicht so besonders«, behauptete Holger. »Bedeckt, kühl, aber Hauptsache, es regnet nicht.«

»Und was hast du heute den ganzen Tag gemacht?«

»Besichtigungen. Wir hatten eine Führung durch London – die übliche Tour mit den Sehenswürdigkeiten, Tower, Trafalgar Square, Westminster Palast mitsamt Big Ben, Buckingham Palast und was es sonst noch so alles vom Bus aus zu sehen gibt. Ach, ich wünschte, du wärest dabei gewesen, hier bei mir. Tja, und nach der Sightseeingtour wurde es uns freigestellt, entweder zu *Harrods* zu gehen – in dieses berühmte Kaufhaus, wo angeblich auch die Queen einkauft – oder ins Wachsfigurenkabinett. Zu *Madame Tussauds*. Na, was glaubst du, wofür ich mich entschieden habe, wo ich hingegangen bin?«

Ins Bett zu deiner Geliebten, lag Iris auf der Zunge, jedoch sie unterdrückte den Drang, den Verdacht auszusprechen, und sagte nur: »Na, sag's schon!«

»Natürlich für die Wachsfiguren. Das Einkaufen und Geld ausgeben überlasse ich lieber dir. Noch dazu wäre es wohl ein Zufall gewesen, wenn die Queen leibhaftig im *Harrods* aufgetaucht wäre. Im *Tussauds* habe ich sie dann wenigstens zu Gesicht bekommen, die Queen, wenn auch nur als Wachsfigur. Mitsamt ihrer ganzen lieben Familie. Du, Schatz, entschuldige, aber ich muss jetzt Schluss machen, in ein paar Minuten fängt das Dinner an und ich muss mich noch frisch machen. Ich ruf dich wieder an, ja?«

Nachdem Iris das Gespräch beendet hatte, sah sie ihren Schwager fragend an. Sie hatte Tränen in den Augen, als sie sagte: »Ich fühle, dass da etwas im Busch ist. Otto, was meinst du?«

Doblhofer nickte nur nachdenklich, als er sagte: »Ja, Iris, ich fürchte, dass dein Verdacht berechtigt ist. Wie das Wetter zurzeit in London ist, kann Holger im Internet nachgelesen haben, aber er hat sich auf andere Weise verraten. Ja, liebste Schwägerin, so leid es mir tut: Holger ist nicht in London.«

Was hat Doblhofers Verdacht erweckt?

Holger behauptet bei seinem Telefonat kurz vor sechs Uhr (mitteleuropäischer Zeit!), in wenigen Minuten in London zu einem »Six-O'Clock-Dinner« eingeladen zu sein. Da hat er aber die Zeitverschiebung nicht mit eingerechnet! Um 18 Uhr MEZ ist es in London erst 17 Uhr.

Lösung: 23. Rätsel-Krimi

DREI NEFFEN UND EIN FUCHS

Als Oberinspektor Otto Doblhofer das Wohnzimmer von Frau Oberregierungsrat Waltraute Schnitzler betrat, hatte er das, was man allgemein ein Déjà-vu-Erlebnis nennt, denn als die Oberregierungsrätin sturzbachartig zu sprechen anfing, erinnerte er sich sofort, dass er vor gerade einmal einem Dreivierteljahr den Diebstahl ihres Picasso-Gemäldes aufgeklärt hatte.

»Ihnen ist schon wieder was gestohlen worden?«, wunderte er sich. »Wieder ein Picasso?«

»Wo denken Sie hin«, entgegnete Frau Schnitzler. »Diesmal ein Fuchs.«

»Sie halten wilde Tiere in Ihrer Wohnung?«

»Doch kein Fuchs-*Tier*!«, rief Frau Schnitzler ungeduldig. »Ein Bild des *Malers* Fuchs wurde mir gestohlen. Sie werden doch Ernst Fuchs kennen. Er ist einer der Gründer der –«

»Wiener Schule des Fantastischen Realismus«, setzte Doblhofer den Satz fort, um zu beweisen, dass er sehr wohl Grundkenntnisse auf dem Gebiet der Malerei besaß. »Und Sie verdächtigen wahrscheinlich wieder einmal einen Ihrer drei Neffen? Beziehungsweise nachdem ich einem von den dreien den Picasso-Diebstahl nachgewiesen habe, werden es wohl nur noch zwei sein, mit denen Sie verkehren.«

»Nein, nein, es sind schon noch alle drei. Ich habe Albert verziehen, ihn sozusagen begnadigt. Er hat so schön um Entschuldigung gebeten, dass ich schwach geworden bin. Und er hat gesagt, er tut's nie wieder.«

»Und haben Sie schon einen konkreten Verdacht, welcher Ihrer drei Neffen –?«

»Nein, nicht den geringsten. Ich weiß nur, dass ich gestern Abend alle drei zu einem Essen hier zu mir eingeladen habe, dass wir gut gespeist haben – na ja, Sie erwarten wohl auch kaum, dass ich diesbezüglich etwas anderes behaupte – und dass wir dann gegen halb sieben alle vier aufgebrochen sind.«

»Mit einem gemeinsamen Ziel?«

»Nein, jeder ging seiner Wege. Ich zu einer Lesung, einer Krimilesung … Aber ich nehme nicht an, dass *ich* Ihnen ein Alibi liefern muss?«

»Nein, nein, natürlich nicht. Und Ihre drei Neffen?«

»Gotthilf ging zu einem Teeseminar, Bodo zu einer exklusiven Rotweinverkostung und Albert auf den Donauturm.«

»Aha. Und als Sie zurückkamen …«

»War der Fuchs weg. Gestohlen.«

»Entlaufen sozusagen«, versuchte Doblhofer einen schwachen Witz. »Und warum verdächtigen Sie Ihre drei Neffen?«

»Weil mein Reservewohnungsschlüssel verschwunden ist. Den habe – hatte, sollte ich wohl besser sagen – ich immer in einem kleinen Körbchen neben dem Telefon beim Eingang liegen, und der ist nun weg. Einer meiner drei Neffen muss in einem unbemerkten Augenblick den Schlüssel an sich genommen haben, als wir gemeinsam von hier weggegangen sind.«

»Na, dann will ich die drei mal wieder befragen«, seufzte Doblhofer und begab sich zuerst zu Gotthilf.

Dieser reagierte auf Doblhofers Erkundigung, ob er mit dem Diebstahl des Fuchs-Gemäldes etwas zu tun habe, mit einem »Na, auf gar keinen Fall, ich mache mir nichts aus Gemälden.«

Aber vielleicht aus dem Geld, das man für den Verkauf von Gemälden bekommt, dachte sich Doblhofer im Geheimen und fragte Gotthilf nach seinem Alibi.

»Ich war auf einem Teeseminar«, sagte Gotthilf. »Wissen Sie, ich liebe Tee, vor allem Früchtetee, aber eigentlich habe ich keine Ahnung davon, und daher hab ich mir gedacht, ich besuch einmal so ein Seminar in einem Teesalon, da erfährt man dann alles Grundlegende. Den Unterschied zwischen Schwarz- und Grüntee, wie man richtig aufgießt, wie lange man den Tee ziehen lässt …«

»Und – waren Sie zufrieden mit dem Seminar?«

»Ja. War zwar schweineteuer, 79 Euro hat es gekostet, und dabei gab es nur einige wenige Teeproben löffelweise zu verkosten und ein wenig Fingerfood dazu, aber sehr interessant war es schon.«

»Kann ich mir vorstellen«, log Doblhofer, der lieber Kaffee trank. »Wie viele Leute waren denn da bei diesem Seminar?«

»Nicht ganz 20«, antwortete Gotthilf. »Ich habe mir auch einen Prospekt mitgenommen, wenn Sie den sehen wollen, sozusagen als Alibi.«

»Später vielleicht«, sagte Doblhofer, der sich insgeheim dachte, dass Gotthilf – wenn er der Dieb war – ganz sicherlich irgendwelche Unterlagen zur Untermauerung seines Alibis besorgt hätte. »Und – haben Sie was Neues über den Tee erfahren?«

»Ja. Haben Sie gewusst, dass Rooibos gar kein richtiger Tee ist? Oolong schon, aber Rooibus nicht.«

Doblhofer, der keine Ahnung hatte, wer oder was Oolong und Rooibos waren (die Namen erinnerten ihn irgendwie an afrikanische Fußballspieler), verneinte und begab sich zu Bodo. Dieser öffnete dem Polizisten mit einem ziemlichen Brummschädel.

»Sie schon wieder?«, ächzte er. »Ist Tantchen schon wieder was geklaut worden?«

»War wohl eine lange Nacht gestern?«, erkundigte sich Doblhofer mitfühlsam.

»Nicht so sehr lang, eher intensiv«, gab Bodo zur Antwort und lieferte auch gleich die Ursache für seinen Brummschädel nach: »An und für sich mach ich mir ja nichts aus Weinen und kenn mich da auch nicht aus, ich bin eher der Biertrinker, aber ich hab mir gesagt, wenn wir in Österreich so hervorragende Rotweine haben, dann besuch ich halt einmal eine derartige Verkostung, da bezahlt man einmal Eintritt und dann kann man sich durchkosten …«

Er griff sich an den Kopf und Doblhofer konnte ein mildes Grinsen nicht unterdrücken. »Und von diesem Durchkosten haben Sie wohl reichlich Gebrauch gemacht. Sind Sie nun wenigstens von den Qualitäten der österreichischen Weine überzeugt?«

»Ja. Besonders der Zweigelt und der Rote Veltliner haben's mir angetan. Wenn ich wieder halbwegs fit bin, werde ich mir einige Flaschen zulegen.«

Doblhofer entließ den Verkaterten wieder ins Bett und begab sich zum dritten Neffen der Frau Oberregierungsrätin – Albert.

»Ich bin nach dem köstlichen Abendmahl, das uns Tantchen vorgesetzt hat, auf den Donauturm ins dortige Café, um den Magen wenn schon nicht mit Käse, so mit einem Cappuccino zu schließen«, behauptete Albert. »Wissen Sie, jetzt lebe ich schon so lange in Wien, aber auf dem Donauturm war ich noch nie. Eigentlich eine Schande für einen Wiener, und weil ich nach dem Essen nicht gleich heim wollte und der Donauturm auf meinem Nachhauseweg liegt, hab ich mir gedacht, ich lasse den Tag bei einer guten Tasse Kaffee in luftiger Höhe ausklingen. Ist Ihnen bekannt, dass der Turm mit 252 Metern das höchste Bauwerk Österreichs ist und die Aussichtsterrasse auf 150 Metern Höhe liegt? Bei gutem Wetter hat man einen bis zu 80 Kilometer weiten Fernblick über die Stadt und deren Umgebung, manchmal sogar bis nach Bratislava.«

»Ja, das ist mir bekannt«, sagte Doblhofer und dachte sich,

dass Albert diese Daten auch aus dem Internet erhoben haben konnte, etwa von der Homepage *www.donauturm.at*. »Ich hoffe, Sie sind nicht schwindlig geworden …?«

Albert runzelte kurz die Stirn, weil er nicht wusste, worauf Doblhofer hinauswollte, dann aber lachte er. »Ach so, Sie meinen, weil sich das Kaffeehaus dreht! Nein, so schlimm war es dann doch nicht. Aber Bungeejumpen möchte ich von dort oben bei Gott nicht.«

»Ich auch nicht«, gab ihm Doblhofer recht. »Äh, die Kaffeehausrechnung haben Sie sich wahrscheinlich nicht aufgehoben?«

»Nein, wozu auch. Da wusste ich ja noch nicht, dass Tantchen bestohlen wurde. Aber jedenfalls unser Donauturm – ich bin begeistert.«

Auch Doblhofer war begeistert, denn als er kurz darauf zurück zu Frau Schnitzler fuhr und sie ihn fragte, ob er schon einen Verdacht hatte, konnte er diese Frage mit ruhigem Gewissen bejahen.

Wen hat Doblhofer in Verdacht und warum?

Lösung: 24. Rätsel-Krimi

Bodo behauptet, bei einer Rotweinverkostung gewesen zu sein, wo ihm der Rote Veltliner so gut geschmeckt habe. Ein Roter Veltliner ist aber kein Rot-, sondern ein Weißwein. Bodo war daher gar nicht bei der Weinverkostung, sondern hat das Bild seiner Tante gestohlen und sich dann daheim betrunken, um am nächsten Tag beim erwarteten Verhör echt verkatert zu wirken.

DER KRÜCKENMORD

Das Grundstück war von einer hohen Hecke umgeben, sodass das einstöckige Einfamilienhaus dahinter beinahe uneinsehbar wirkte. Als Oberinspektor Doblhofer das Haus betrat, wurde er schon von seinem Assistenten Pichler erwartet, der sofort zur Sache kam: »Die Tote heißt Dora Leitner, 82 Jahre alt, war stark gehbehindert. Sie wurde mit ihrer Krücke erschlagen. Der Täter hat ein Fenster eingeschlagen, um ins Haus zu gelangen.«

Doblhofer nahm die Informationen mit einem Nicken zur Kenntnis. »Gehört ihr das Haus?«

»Ja. Baujahr 1972, 86 Quadratmeter Wohnnutzfläche, nicht unterkellert, leicht renovierungsbedürftig ...«

»Was Sie alles wissen! Sind Sie Liegenschaftssachverständiger?«

»Äh, nein, nicht dass ich wüsste. Frau Leitner lebt – lebte hier allein.«

»Trotz ihres Alters und ihrer Behinderung?«

»Ja. Am Vormittag kommt – äh kam tagtäglich eine Betreuerin vorbei, die ihr den Haushalt macht – machte – und bis gegen Mittag bleibt – ach, äh blieb ...«

»Pichler, das macht mich nervös, entscheiden Sie sich endlich für eine Zeitform! Sie ist tot, also Vergangenheitsform!«

»Ja, Chef, Vergangenheitsform, zu Befehl! Und am späteren Nachmittag sieht, äh Entschuldigung, sah ihr Sohn noch einmal nach dem Rechten, wenn er von der Arbeit nach Hause fuhr. Er hat sie auch vor etwa einer Stunde gefunden.«

»Ich hab meinen eigenen Schlüssel«, erklärte Hermann Leitner Doblhofer wenig später. »Da meine Mutter schon sehr schlecht geht« – ging, verbesserte Doblhofer insgeheim –, »läute ich zwar immer, damit sie hört, dass ich da bin, sperre mir aber selbst auf. ›Mutti‹ rufe ich dann, sie ruft meist aus dem Wohnzimmer, wo sie um diese Zeit fernsieht, ›Hier bin ich!‹ zurück, und als ich heute nichts dergleichen hörte, hab ich mir schon gedacht, dass da was nicht stimmt. Na, und im Wohnzimmer hab ich sie dann gefunden.«

Doblhofer nickte. Die Vernehmung des Sohns der Ermordeten fand in der Küche statt, wo sich der plötzlich zum Vollwaisen Gewordene einen Schnaps eingeschenkt hatte, Doblhofer hatte unmittelbar vorher die Leiche in Augenschein genommen. Die Tote lag vor dem Fernsehgerät, mit eingeschlagenem Schädel, und dass ihre Krücke die Mordwaffe war, ergab sich aus dem blutverschmierten unteren Ende der daneben liegenden Gehhilfe.

»Wer könnte denn einen Grund haben, Ihre Mutter zu töten?«, fragte Doblhofer. »Ist etwas gestohlen worden?«

Leitner wand sich ein wenig, dann sagte er: »Sie werden es von Bruni sowieso erfahren … Meine Mutter bewahrte ihre gesamten Ersparnisse in bar unter der Matratze auf. Sie hatte kein Vertrauen zu Banken.«

Doblhofer, der diese Einstellung durchaus nachvollziehen konnte, gab Pichler ein Zeichen, nachzusehen, jedoch Leitner setzte dazu: »Bemühen Sie sich nicht, ich hab schon selbst nachgeschaut. Das ganze Geld ist weg.« Und als Doblhofer etwas einwerfen wollte, winkte er ab: »Ja, ja, ich weiß schon, ich hätte nichts angreifen dürfen, aber die Mordwaffe hab ich ja eh nicht berührt. Ich konnte während des Wartens auf die Polizei nicht neben ihr im Wohnzimmer bleiben, und weil ich gleich den Verdacht hatte, dass sie wegen dem Geld überfallen wurde und wahrscheinlich den Täter überrascht hat, hab ich nachgeschaut …«

»Wer wusste denn alles davon, dass sie das Geld im Bett lagerte?«

»Na ja, ich und die Bruni.«

»Und diese Bruni ist wer?«, fragte Doblhofer, da der Name nun schon zum zweiten Mal gefallen war.

»Ihre Betreuerin«, erklärte Leitner. »Brunhilde Stöbich. Eine herzensgute Frau. Sie kommt jeden Tag kurz nach acht, macht meiner Mutter das Frühstück, hilft ihr bei der Morgentoilette, saugt Staub, putzt die Fenster und was es halt alles im Haushalt zu tun gibt, dann kocht sie noch, sie essen zusammen und nach dem Abwasch, so um eins, geht sie dann wieder.«

Und dafür bekam sie sieben Euro die Stunde. Macht 35 Euro am Tag beziehungsweise 210 Euro in einer Sechstagewoche, rechnete Doblhofer problemlos im Kopf. Durchaus möglich, dass jemand, der sich tagtäglich um wenig Geld um eine behinderte Person kümmern musste, in Versuchung gelangte …

Bruni stritt natürlich ab, ihre liebe Dora, wie sie sie nannte, bestohlen und ermordet zu haben. »Warum sollte ich am Nachmittag nochmals zu ihr kommen, um sie zu bestehlen, und noch dazu ein Fenster einschlagen wenn ich das doch den ganzen Vormittag tun könnte?«

»Nun, vielleicht weil Frau Leitner am Nachmittag ein Nachmittagsschlaferl hielt und nicht so aufmerksam war wie am Vormittag?«, versuchte Doblhofer eine Antwort auf dieses auch ihm plausibel erscheinende Argument.

»Blödsinn. Wenn ich sie bestohlen hätte – ich sage *hätte*, weil ich habe es nicht getan –, dann hätte ich es vormittags getan, während ich im Schlafzimmer sauber machte. Es hätte Wochen gedauert, bis sie drauf gekommen wäre, dass von ihren Geldscheinen etwas fehlte – und ich hätte auch nicht das ganze Geld gestohlen, sondern zitzerlweise kleinere Beträge.«

»Und wenn wir Ihre DNA oder Fingerabdrücke an der Matratze oder an der Krücke finden?«

Bruni zuckte die Schultern. »Würde mich nicht wundern, wenn die da drauf wären. Die Krücke habe ich oft in der Hand gehabt, wenn ich sie Dora gereicht habe, da finden Sie ganz sicher welche drauf. Und auch auf der Matratze – schließlich habe ich die hochgehoben, wenn ich die Betten frisch überzogen habe.«

»Haben Sie jemandem davon erzählt, dass Frau Leitner ihr Bargeld unter der Matratze lagerte?«

Bruni überlegte kurz, dann sagte sie: »Nun, mein Exfreund … Gerfried … Kann schon sein, dass ich es ihm gegenüber einmal erwähnt habe … Aber Sie glauben doch nicht, dass *er* Dora erschlagen hat? Nein, unmöglich. Er weiß ja nicht einmal, wo Dora wohnt.«

Das bestätigte auch Gerfried, der angab, um 16 Uhr – zum ungefähren Zeitpunkt des Mordes – einkaufen gewesen zu sein. Großeinkauf. Eine Kiste Mineralwasser und eine Kiste Bier … das ganze Auto voll. Den Einkaufszettel hatte er leider weggeworfen. »Wenn ich gewusst hätte, dass ich ein Alibi brauche, hätte ich an der Merkur-Kassa einen Radau gemacht, damit man sich an mich erinnert. Sie werden mir jetzt wohl die Fingerabdrücke abnehmen wollen? In diesen Rätsel-Krimis verraten sich die Täter dann immer, indem sie sagen ›Wozu denn, meine Fingerabdrücke sind nicht auf der Mordwaffe, ich hatte doch Handschuhe an‹ – ha, ha …«

Doblhofer lachte nicht mit. »Dass Ihnen Ihre Exfreundin einmal gesagt hat, dass dort Geld im Bett versteckt ist, stimmt aber?«

Gerfrieds Kopf lief rot an. »Kann schon sein, dass sie es einmal erwähnt hat, aber ich bestehle doch nicht die Haupteinnahmequelle meiner Freundin!«

»Ex«, warf Doblhofer ein.

»Ja, derzeit Ex, aber das wird schon wieder.«

In diesem Moment klingelte Doblhofers Handy. »Ja? Ah, Pichler, gut. Habt ihr die Nachbarn befragt? Hm, ja, okay, schade.« Er beendete das Gespräch.

»Haben nichts beobachtet, die Nachbarn?«, erkundigte sich Gerfried.

»Nein, leider.«

»Wundert mich nicht, bei der Riesen-Hecke. Was ist also, wollen Sie mir jetzt die Fingerabdrücke abnehmen?«

»Ja, das ist eine gute Idee«, antwortete Doblhofer. Obwohl – wenn er sich die Sache so durch den Kopf gehen ließ, hatte er auch ohne Fingerabdrücke schon einen Verdacht, wer der Täter war.

Wen verdächtigt Doblhofer?

Lösung: 25. Rätsel-Krimi

Er verdächtigt Gerfried. Denn obwohl Gerfried angeblich gar nicht weiß, wo die Ermordete wohnte, weiß er, dass um ihr Haus eine Riesen-Hecke ist.

DER TOD DES MALERMEISTERS

Als Oberinspektor Otto Doblhofer in der geräumigen Eigentumswohnung in Simmering eintraf, wartete dort schon Jens Reiter auf ihn – ein etwa 17 Jahre alter Lehrling, der vor Kurzem die Leiche seines Chefs, des Malermeisters Rüdiger Schmierthaler, aufgefunden hatte.

»Also, junger Mann«, sagte Doblhofer, »dann erzählen Sie mal der Reihe nach. Wann kamen Sie hierher in die Wohnung?«

»Um Punkt acht. Da beginnt immer meine Arbeit. Na, und für heute war angesagt, die Bude da auszumalen, und da bin ich eben um acht hierhergekommen. Keine Minute früher, das können Sie mir glauben. Und da hab ich ihn dann hier gefunden. Mausetot.«

Die Besitzer der Wohnung waren verreist und hatten dem Malermeister einen Schlüssel für die Wohnung gegeben. Schmierthaler hatte schon vor sieben in die Wohnung kommen wollen, um alles vorzubereiten, und tatsächlich standen in dem Zimmer, in dem seine Leiche lag, allerlei Utensilien herum, die man zum Ausmalen einer Wohnung benötigt: eine Leiter, Walzen, eine Folie zum Bedecken des Teppichbodens, einige Farbtöpfe mit rosa Farbe und sonst noch einiger Kleinkram. Der Gerichtsmediziner stellte fest, dass der Malermeister etwa um halb acht Uhr ermordet worden war.

»Haben Sie eine Ahnung, wer einen Grund haben könnte, Ihren Chef umzubringen?«, fragte Doblhofer den Lehrling. Dieser zierte sich zunächst etwas mit der Antwort.

»Also, ich weiß nicht, ob ich das sagen soll …«

»Wenn Sie etwas wissen, müssen Sie es mir mitteilen!«, sagte Doblhofer.

»Na ja, der Kompagnon vom Chef …«, sagte Jens dann. »Mit dem zweiten Chef verstand sich der Meister in letzter Zeit nicht besonders. Da gab's oft Streit – obwohl ich natürlich nicht gelauscht habe und auch nicht weiß, worum es ging …«

»Wirklich nicht?«, fragte Doblhofer zweifelnd. »Kann ich mir fast nicht vorstellen, dass Sie da nichts mitbekommen haben. Ein aufgeweckter, intelligenter junger Mann wie Sie!«

»Nun, offenbar ging's ums liebe Geld«, sagte Jens Reiter. »Ach ja, und auch mit seiner Frau, mit der Frau Chefin, gab's in letzter Zeit Trouble. Ich glaube, dass sie sich von ihm scheiden lassen wollte und er damit nicht einverstanden war, weil ihr das ganze Geld gehört … Und auch sein Sohn, der Juniorchef …« Offenbar fielen dem Lehrling nun, da er sich entschlossen hatte zu reden, im Sekundentakt neue Verdächtige ein. »Der wollte halt mehr Freiheiten haben im Geschäft, modernisieren und so, und da war der Alte – ich meine, der Herr Meister – doch etwas altmodisch …«

»Sehr interessant«, befand der Oberinspektor. »Na, dann werd ich die drei mal aufsuchen.« Er begab sich sogleich zur frischgebackenen Witwe, um ihr die Nachricht vom gewaltvollen Dahinscheiden ihres Mannes zu überbringen. Diese zeigte sich darüber … hocherfreut!

»Hat ihn jemand umgebracht!« Sie klatschte vergnügt in die Hände. »Sehr schön. Dann ist der Termin bei meinem Scheidungsanwalt wohl hinfällig. Eine bessere Nachricht hätten Sie mir gar nicht überbringen können! Aber ermordet … wer kann das getan haben?«

»Wussten Sie, wohin Ihr Mann heute früh ging?«, fragte Doblhofer statt einer Antwort.

»Möglich, dass er's mir gesagt hat. Wir reden – redeten – nur das Allernotwendigste miteinander. Simmering, Ottakring, Grinzing, Hietzing, irgendwas mit einem ›ing‹ hinten, keine Ahnung, ich hab nicht genau hingehört. War mir ja auch egal, wo er den Tag verbringt, Hauptsache, nicht bei mir.«

Aufgrund getrennter Schlafzimmer konnte Frau Schmierthaler nicht sagen, wann ihr Mann an diesem Morgen die Wohnung verlassen hatte. Sie selbst hatte kein richtiges Alibi, gab lediglich an, um 7.30 Uhr gefrühstückt zu haben. Allein. »Und, Herr Kommissar«, setzte sie dazu, »ich freue mich zwar unbändig, dass ich das Scheusal nun endlich los bin, aber glauben Sie mir: Ich hab ihn nicht umgebracht!«

Den Sohn des ermordeten Malermeisters, Rüdiger Schmierthaler junior, der – zumindest laut Angaben des Lehrlings – Geschäftsansichten vertrat, die von denen seines Vaters stark abwichen, traf Doblhofer in der Firma an.

»Vater ermordet?«, rief der Sohn. »Was Sie nicht sagen! Na, da wird sich Mutter aber freuen!«

Auf Doblhofers Frage, ob er gewusst habe, wo sein Vater am Morgen sein würde, antwortete er: »Ja. Natürlich hab ich das gewusst. In dieser Wohnung in Simmering. Das spricht wahrscheinlich gegen mich. Aber ich hab ihn nicht umgebracht. Ich war heute früh bis acht in meiner Wohnung. Sie können meine Lebensgefährtin fragen, sie wird Ihnen das bestätigen. Dann bin ich gleich hierher in die Firma gefahren, um Bürokram zu erledigen.«

Und tatsächlich war Rüdiger junior nicht in einen Malerkittel gekleidet, sondern trug legere Alltagskleidung.

Auch den Kompagnon des Ermordeten traf Oberinspektor Doblhofer in einem Büro der Firma an. Es war dies ein Herr namens Hektor Gambrosius, zu dessen hochtrabendem Namen auch sein Äußeres passte: Er war piekfein gekleidet, hatte einen wie mit dem Lineal gezogenen pomadisierten Scheitel, einen klobigen Brillantring am kleinen Finger, und nur ein unscheinbarer rosa Fleck auf seinem rechten Lackschuh störte die sonst perfekte Gesamterscheinung.

»Rüdiger tot?«, gab er sich überrascht. »Ich muss schon sagen … Und noch dazu ermordet …«

»Wussten Sie, wo er heute früh arbeiten wollte?«

»Ich? Nein. Ich kümmere mich nicht um das Ausmalen von Wohnungen. Ich bin mehr der stille Teilhaber. Finanziell, verstehen sie? Ich gebe und nehme.«

»Und könnte es da sein, dass Sie etwas mehr genommen als gegeben haben?«, warf Doblhofer einen Versuchsanker aus, auf den Gambrosius sofort mit Entrüstung reagierte: »Was erlauben Sie sich? Das ist eine böswillige Unterstellung. Wer hat Ihnen das gesagt?«

Diese Reaktion zeigte Doblhofer, dass er offenbar an der richtigen Stelle bohrte. In seinem Büro überdachte er dann, was er gehört und gesehen hatte. Schließlich rief er seinen Mitarbeiter Pichler zu sich und sagte: »Ich glaube zu wissen, wer den Malermeister umgebracht hat.«

Wen verdächtigt Doblhofer?

Lösung: 26. Rätsel-Krimi

Doblhofer verdächtigt Hektor Gambrosius. Dessen makellose Erscheinung wurde durch einen rosa Farbfleck auf dem Schuh beeinträchtigt – dasselbe rosa, mit dem die Wohnung ausgemalt werden sollte, in der der tote Malermeister lag.

DREI IM KINO

Oberinspektor Otto Doblhofer war in die Villa des Schauspielers Bruno Hofstätter im Stadtteil Hietzing in der Nähe von Schönbrunn gerufen worden. Bruno Hofstätter – der Name sagte Doblhofer eigentlich nichts. Das war aber kein Wunder, denn Bruno Hofstätter war der Fernsehwelt weit besser unter seinem Pseudonym bekannt, das aber hier nicht verraten werden soll. Hofstätter legte im konkreten Fall nämlich überhaupt keinen Wert auf Publicity!

»Ich will nicht, dass in all diesen Klatsch- und Gratiszeitungen steht, dass bei mir eingebrochen wurde«, sagte er mit seiner prägnanten, auch von zahlreichen Hörbüchern her bekannten Stimme. »Vor allem will ich nicht, dass jedermann aus der Presse erfährt, dass ich in meiner Villa solche Kunstschätze besitze. Besitze! Besaß, muss ich nun wohl sagen.«

»Haben Sie schon einen Verdacht?«, fragte Doblhofer.

»Verdacht!? Natürlich hab ich einen Verdacht. Es kann nur einer meiner drei Bediensteten gewesen sein. Sie müssen wissen, Herr Kommissar, ich lebe zurzeit allein in der Villa – von meiner Lebensgefährtin hab ich mich vorübergehend getrennt und mit meiner letzten Frau leb ich in Scheidung, aber das wissen Sie wahrscheinlich sowieso alles aus den Zeitungen. Nicht? Na, egal. Jedenfalls bin ich, wenn ich nicht gerade fürs Fernsehen drehe oder Hörbücher aufnehme oder amerikanische Filmstars synchronisiere, allein in der Villa. Na, und da ich mich nicht um alles kümmern kann – man wird einem Mann wie mir wohl nicht zumuten, staubzusaugen, zu bügeln und all das ...«

»Natürlich nicht«, beeilte sich Doblhofer zu sagen.

»… hab ich eben drei Angestellte. Eine Köchin, eine, die sich ums Haus kümmert – na, eben eine Putzfrau, wenngleich sie den Ausdruck nicht gern hört, und einen – tja, nennen Sie es Butler.«

»Und eine dieser drei Personen muss es getan haben?«

»Hundertprozentig. Nur sie wussten, wo der Schlüssel zur Vitrine lag, in der ich meine Antiquitäten aufbewahre, und das würden selbst *Kottan* und *Trautmann* merken – wo ich übrigens auch schon mehrmals mitgespielt habe – also, selbst die würden merken, dass der Einbruch ohne jede Gewaltanwendung begangen wurde. Der Dieb hat sich des Schlüssels bedient!«

»Ja, da haben Sie sicher recht. Und wo waren Ihre drei Angestellten gestern Abend?«

»Das ist ja das Problem und verkompliziert den Fall. Ich habe ihnen gestern Abend freigegeben, damit sie ins Kino gehen können. Man hat mir drei Freikarten für dieses Kino-Center in der Lugner-City gegeben, als Fernsehstar hab ich da ja gewisse Quellen, und weil ich keine Zeit hatte – ich war bei einer jungen Schauspielschülerin zum Essen eingeladen, eine ganz reizende Person, ich konnte ihr einiges beibringen, insbesondere wie man sich bei Bettszenen vor der Kamera ungezwungen bewegt, also, da hab ich ihnen die Karten geschenkt.«

»Sehr nobel von Ihnen. Ihre drei Angestellten waren gestern also im Kino. Geben sie sich gegenseitig ein Alibi?«

»Nein, das tun sie nicht. Es ist wie gesagt ein Kino-Center, in dem, wie Sie sich wohl vorstellen können, verschiedene Filme in verschiedenen Sälen laufen. Und jeder war in einem anderen Film.«

Oberinspektor Doblhofer begab sich sodann mit dem bestohlenen Schauspieler im Schlepptau ins Wohnzimmer, wo die drei Verdächtigen geduldig darauf warteten, ins Verhör genommen zu werden. Zunächst wandte er sich an die Köchin. Diese behauptete, sich den Film *Kramer gegen Kramer* angesehen zu haben.

»Diesen uralten Film?«, wunderte sich Doblhofer.

»Im Lugner-Kino laufen, dem Alter des Namensgebers angemessen, auch immer ein paar Uralt-Filme«, warf Hofstätter ein. »Und die Karten, die man mir geschenkt hat, waren für diese alten Filme.«

»Der Film ist so wunderschön traurig, ich hab mein Taschentuch vollgeheult«, sagte die Köchin.

»Ah, ja. Sie können mir wahrscheinlich auch den Inhalt genau erzählen?«

»Freilich. Es geht um das Sorgerecht für einen kleinen Jungen. Dustin Hoffmann spielt den Vater, der von seiner Frau verlassen wird, die will sich selbstverwirklichen, so ein Blödsinn, aber typisch amerikanische Frauen …«

»Das beeindruckt mich nicht«, warf Hofstätter ein. »Über diesen Kramer-Kitsch kann sie in jedem Filmlexikon nachgelesen haben, und vielleicht hat sie ihn sogar schon einmal im Fernsehen gesehen. Auch Gerti, meine Putzfrau …« – diese gab, als sie sich als Putzfrau bezeichnet vernahm, einen spitzen, eingeschnappt klingenden Ton von sich –, »hat sich einen Film angesehen, der im Fernsehen schon gelaufen ist und über den sie sich in allen möglichen Büchern informiert haben kann.«

»*Psycho*«, kam Gerti Doblhofers Frage nach dem Film zuvor. »Im Saal Nr. 2 läuft diese Woche eine Hitchcock-Retrospektive. Jeden Tag ein anderer Film. Begonnen haben sie mit den *Vögeln*, dann *Über den Dächern von Nizza* und gestern eben *Psycho*.« Mit einem Seitenhieb in Richtung Bruno fügte sie hinzu: »Und ich habe den Film *nicht* schon im Fernseh'n gesehen.«

»Nun, es ist allerdings ein sehr bekannter Film«, meinte Doblhofer. »Die Duschszene ist ja sehr berühmt und soll damals, beim Start des Films, vielen Leuten auf lange Zeit das Duschen verleidet haben.«

»Das glaub ich gern. Es reißt einen ja auch wirklich fast vom Sessel, wenn bei diesem Mord hinter dem Duschvorhang das Blut dieser Frau blutrot den Abfluss hinunterrinnt …«

»Allerdings. Und Sie, Herr Butler?«

»Ich habe mir einen James-Bond-Film angesehen. Im Saal 3. Beginn 20.15 Uhr. Und wenn der gnädige Herr nun gleich einwerfen wird, dass die James-Bond-Filme alle auch schon im Fernsehen ausgestrahlt worden sind …« – »Genau das wollte ich soeben sagen.« – »so weiß ich dem eigentlich nichts zu erwidern als meine Beteuerung, dass ich niemals eine von der Herrschaft geschenkte Kinokarte verfallen lassen würde, um anstatt dessen auf hinterhältigen Raubzug zu gehen.«

»Mit anderen Worten: Sie haben sich den Film angesehen, obwohl Sie ihn schon kannten.«

»Korrekt. Es war im Übrigen einer der frühen James-Bond-Filme, als noch Sir Sean Connery den Geheimagenten 007 mimte und nicht dieser Roger Moore oder gar die Herren Brosnan und Craig die Leinwand unsicher machten.«

»Wie hieß denn der Film?«, fragte Doblhofer.

»*Liebesgrüße aus Moskau.*«

»Ach, das alles ist nicht sehr beeindruckend. Gut vorbereitet, könnte man auch sagen. Sie alle drei haben Ihre Rollen gut gelernt«, knurrte Bruno Hofstätter bissig.

»Und trotzdem glaube ich zu wissen, wer am ehesten als Täter infrage kommt«, sagte Doblhofer.

»Tatsächlich?«

»Ja. Eine Person hat sich nämlich durch ein unbedachtes Wort verraten.«

Wer hat sich wie verraten?

Lösung: 27. Rätsel-Krimi

Die Putzfrau. Sie gab an, dass das Blut in der Dusche »blutrot« den Abfluss hinunterfloss. Wo doch *Psycho* ein Schwarz-Weiß-Film ist.

DER TOD DER ALTEN DAME

Es stand vorwiegend altes Mobiliar in der noch viel älteren Wohnung in der Edelhofgasse, und trotzdem war das Älteste, das Doblhofer beim Betreten des Wohnzimmers vorfand, das Mordopfer.

»Karoline Bauer«, sagte sein Assistent Pichler zu ihm. »In ein paar Wochen hätte sie ihren 84. Geburtstag gefeiert.«

»Hätte sie«, wiederholte Doblhofer. »Wenn sie nicht ermordet worden wäre. Wisst ihr schon, wie?«

Sein Mitarbeiter nickte und wies auf eine Hantel, die neben der toten Frau auf dem Boden lag.

»Mit einer Hantel wurde sie erschlagen?«, rief Doblhofer verwundert.

»Frau Bauer war offenbar eine sehr sportliche Person«, sagte Pichler. »Sie wollte unbedingt hundert Jahre alt werden und daher hielt sie sich auf alle möglichen Arten fit. Stemmte Hanteln, fuhr Rad …« Da erst fiel Doblhofer auf, dass neben der antiquiert wirkenden Einrichtung ein Hometrainer vor dem Fernseher stand.

»Zehn Kilometer täglich waren das Mindeste. Weiß ich alles von der Nichte, die die Tote gefunden hat. Apropos Verwandtschaftsverhältnisse: Frau Bauer war verwitwet und kinderlos«, berichtete Pichler weiter. »Sie hatte drei Brüder, die alle bereits verstorben sind, und jeder der drei Brüder hat ein Kind – zwei einen Sohn, einer eine Tochter. Die drei werden wohl jetzt erben. Und eben diese Tochter – Sabine – hat die Tote gefunden.«

»Und gibt's denn auch was zu erben von der alten Dame?«, fragte Doblhofer, während er sich bückte und die Tote genauer betrachtete. Eine blutige Stelle am Kopf zeigte selbst einem Laien, dass sie jemand mit einem wuchtigen Gegenstand geschlagen hatte. Neben der Toten lagen – abgesehen von der Mordwaffe – ein abgebrochener Zahnstocher, ein kleines Stück Schokolade, ein Zigarettenstummel und etwas, das Doblhofer als eine abgefallene Blutblase identifizierte. Er sagte zu diesem Fund aber weiter nichts, weil er wusste, dass seine Mitarbeiter diese Gegenstände ohnehin einsammeln und einer genauen Untersuchung zuführen würden.

Pichler nickte. »Offenbar besaß sie Sparbücher mit einigen Hunderttausend Euro.«

»Die nun wohl die drei Nachkommen ihrer Brüder erben werden. Na, es ist schon für weniger Geld gemordet worden.«

Sabine wartete nebenan auf ihre Vernehmung. Sie hatte geweint und hielt sich ein Taschentuch vors Gesicht. »Ich komme einmal pro Woche zu Tantchen«, berichtete sie. »Sie ist zwar noch recht fit und will älter als der Heesters werden« – Doblhofer verkniff es sich, ihr zu sagen, dass sie in der falschen Zeitform sprach –, »aber den wöchentlichen Kasten Bier schleppe doch ich immer ihr herauf.«

»Äh, den wöchentlichen Kasten Bier?«

»Ja. Das ist Ihre Wochenration – eine Kiste Bier. Zumindest seit sie mit 80 mit dem Rauchen aufgehört hat.«

»Aha! Sie war Nichtraucherin?«

»Ja. Um 100 zu werden, nimmt … nahm sie einige Entbehrungen in Kauf. Und zum Ausgleich dafür hat sie ihren Bierkonsum etwas erhöht und mit dem Schokoladeessen begonnen – Unmengen von Schokolade. Und mit dem Zahnstochern.«

»Äh, ich verstehe nicht«, gestand Doblhofer. »Also das mit der Schokolade schon, aber das mit dem Zahnstochern …«

»Nun, weil sie keine Zigaretten mehr im Mund haben konnte, hat sie sich Ersatz gesucht und die meiste Zeit auf einem Zahnstocher herumgekaut. Sie hätte sich natürlich auch auf Soletti verlegen können, aber die waren ihr zu salzig …«

Doblhofer nickte. »Haben Sie gewusst, dass Ihre Tante ein stattliches Erbe hinterlässt, das nun wohl Sie und Ihre beiden Cousins erben werden?«

Nun war es an Sabine zu nicken. »Das haben wir alle gewusst. Glauben Sie es ihnen also nicht, wenn Boris oder Reinhard so tun, als wüssten sie nichts davon.«

Doblhofer begab sich daraufhin zu besagtem Boris. Dieser war ein unappetitlicher schwabbeliger Mann mit wenigen Haaren und schief stehenden Zähnen um die 50, der auf Doblhofers Worte »Ich muss Ihnen leider mitteilen, dass Ihre Tante ermordet wurde« anfangs so tat, als würde die Welt für ihn zusammenbrechen, und erst nach gutem Zureden zugab, von der bevorstehenden Erbschaft zu wissen.

»Aber, Herr Kommissar«, setzte er theatralisch dazu, »ich habe sie nicht umgebracht!« Auf Doblhofers Frage, wo er zur Tatzeit gewesen war, wurde er unvermittelt rot im Gesicht und zündete sich mit zitternden Händen eine Zigarette an. »Das ist mir jetzt aber schon recht peinlich«, sagte er. »Erfährt meine Frau eh nichts davon?«

Doblhofer sah ihn überrascht an. »Wieso? Waren Sie etwa im Puff?«, fragte er und anhand Boris' Reaktion – er richtete beschämt die Augen zu Boden – erkannte er, dass er richtig geraten hatte. Er ließ sich von Boris alle Details seines Seitensprungs geben, die er später zu überprüfen gedachte, und fuhr daraufhin zur Wohnung des dritten Erben – Reinhard. Dieser war nicht zu Hause, seine Frau öffnete dem Oberinspektor die Tür.

»Was? Tante Karo erschlagen?«, rief sie ungläubig, nachdem der Polizist sie über die näheren Umstände des Ablebens in Kenntnis gesetzt hatte. »Mit ihrer Hantel? Ja, wer tut denn so was?« Und als Doblhofer sich dazu nicht weiter äußerte, fragte sie: »Sie halten es doch nicht ernstlich für möglich, dass mein Reini …«

»Nun, ernstlich für möglich halte ich vieles«, wich Doblhofer einer direkten Antwort aus. »Schließlich erbt Ihr Mann nun viel Geld. Sehr viel Geld.«

»Aber dafür bringt man doch nicht seine Tante um«, wehrte die Frau ab. »Noch dazu eine, die eh schon uralt ist. Und dann auch noch mit einer Hantel. Sie müssen wissen, mein Reini ist derart unsportlich und ungeschickt, der würde eine Hantel ja nicht einmal richtig in die Hand nehmen können. Vor Kurzem musste er einmal einen Nagel in die Wand schlagen, um ein Bild aufzuhängen, da hätten Sie ihn mal jammern hören sollen …«

Doblhofer unterbrach den Wortschwall der Frau und begab sich zurück in sein Büro. Dort begrüßte ihn sein Assistent Pichler mit den Worten: »Na, wissen wir schon, wen wir verhaften müssen?«

»Wissen ist zu viel gesagt«, war Doblhofers Antwort, »aber ich habe so einen Verdacht.«

Wen hat Doblhofer in Verdacht?

Reinhard. Dieser stellte sich einige Zeit vor dem Mord daheim so ungeschickt beim Einschlagen eines Nagels an, dass er sich mit dem Hammer auf einen Finger schlug, was nicht nur lautes Jammern, sondern auch eine Blutblase am Finger zur Folge hatte. Dummerweise fiel diese Blutblase genau zum Zeitpunkt seines Mordes an seiner Tante ab und daher nützt es ihm gar nichts, dass er als falsche Spur einen Zigarettenstummel neben die Leiche gelegt hat.

Lösung: 28. Rätsel-Krimi

DIE DREI NIKOLAUSER

Als Oberinspektor Otto Doblhofer die Räumlichkeiten der Geschäftsführung in der Lugner-City betrat, traute er seinen Augen nicht. Grund für seine vorübergehende Sehschwäche war aber nicht der dem Einkaufszentrum den Namen gebende und in Wien & Umgebung Promistatus genießende Herr Lugner, den der Kriminalbeamte zum ersten Mal in seinem Leben leibhaftig vor sich sah – wenn auch nur ganz kurz, weil er nach dem Eintreten des Kriminalbeamten mit den Worten »Finden S' schleunigst raus, welcher von den drei Nikolausern es war, und sperren S' ihn ein« sofort das Büro verließ –, sondern drei völlig gleich aussehende Nikolause, die wie aufgefädelt im Vorzimmer zum Chefbüro herumstanden und den eintretenden Polizisten gelangweilt ansahen. Weniger gelangweilt war eine ältere Frau, die mit den Worten »Ich nehme an, Sie sind der Herr Inspektor« auf Doblhofer zustürzte. »Wie ich am Telefon schon gesagt habe, bin ich bestohlen worden – mitten auf der Mariahilfer Straße und mitten am helllichten Tag von einem dieser Nikoläuse.« Sie deutete auf die drei Männer, die sich zu diesem Vorwurf nicht weiter äußerten.

»Aha. Und was ist Ihnen gestohlen worden? Und von welchem der drei Nikoläuse, äh -lause?« Doblhofer nahm instinktiv an, dass die korrekte Mehrzahl des Wortes Nikolaus Nikolause und nicht -läuse – und schon gar nicht -lauser – war.

»Meine Geldbörse ist mir aus meiner Handtasche gestohlen worden«, berichtete die Frau. »Ich stand auf der Mariahilfer Straße vor dem Schutzweg, neben mir der Nikolaus, ich fühlte auch noch, wie ich angerempelt wurde, dachte mir aber nichts dabei, und als dann Minuten später die Autos endlich vorbeigefahren waren und ich gehen konnte – dass Fußgänger auf Schutzwegen bei Grün Vorrang haben, ist in Wien leider bloße Illusion –, jedenfalls schaute ich in meine Handtasche und da war das Geldtascherl weg! Der Nikolaus leider auch.«

»Aha. Und welcher?«

»Ja, wenn ich das wüsste! Schauen ja alle gleich aus, die drei. Ist eine Frechheit, dass dieses Kaufhaus drei Nikoläuse losschickt, wo man einen vom anderen nicht auseinanderkennt.«

Doblhofer musste der Frau, was die Ähnlichkeit der drei Verdächtigen betraf, recht geben. Alle drei waren nicht nur von der Statur her gleich, sondern auch auf die bekannte Weise in einen roten Mantel gekleidet, trugen die obligate Bischofsmütze und hatten einen langen weißen Bart angeklebt. Am Mantel war sowohl vorne als auch hinten ein nicht zu übersehendes Transparent aufgenäht, das für die Lugner-City warb; daher hatte die Frau auch, nachdem sie den Diebstahl bemerkt und die Polizei verständigt hatte, dass sie an der Kreuzung der Mariahilfer Straße mit der Gerstnerstraße bestohlen worden war, die Zahl der verdächtigen Nikolause auf die der Lugner-City eingrenzen können. Es waren ja zurzeit sehr viele Nikolause und auch schon einige Weihnachtsmänner in den Straßen unterwegs, die Werbung für alles Mögliche machten.

Doblhofer bat die Bestohlene, draußen zu warten, ging ins Chefbüro und rief den ersten Nikolaus zu sich. »Also, was sagen Sie zu dem Vorwurf?«, fragte er ihn streng.

»Lächerlich. Ich bestehle doch keine alten Damen auf der Straße«, behauptete der Nikolaus, der im zivilen Leben Student war, Rupert hieß und sich durch derartige Nebenjobs sein mageres elterliches Taschengeld aufbesserte. »Wann soll denn das überhaupt gewesen sein?«

»Um halb elf.«

»Da war ich noch gar nicht im Einsatz«, behauptete der Nikolausdarsteller. »Mario beginnt um neun und ist unterwegs bis halb fünf, Manuels Schicht dauert von zehn bis halb sechs und ich bin ab elf dran. Um halb elf bin ich erst hierhergekommen, um mich umzuziehen.«

»Aha. Und gibt's dafür Zeugen?«

»Der Lugner war gerade im Büro und hat telefoniert, aber ob der sich an mich erinnert und wenn ja, dass es halb elf war? Noch dazu gehört die Mariahilfer Straße gar nicht zu meinem Rayon!«

Der zweite Nikolaus hieß Mario. Er war, wenn er nicht gerade als Nikolaus, Weihnachtsmann oder Osterhase auftrat, langzeitarbeitslos, gab zu, dass er um halb elf schon unterwegs gewesen war, bestritt aber erwartungsgemäß ebenfalls, die Frau bestohlen zu haben.

»Ich greif doch nicht in Handtaschen alter Weiber! Die passen doch eh auf wie die Haftlmacher, dass ihnen nix g'fladert wird«, sagte er in breitem Wienerisch.

»Ah, Sie haben diesbezüglich Erfahrungen?«, warf Doblhofer erstaunt ein und Mario wurde ein wenig rot.

»Nix Erfahrungen«, stritt er dies ab. »Ich denk mir halt so. Und noch dazu wär das doch viel zu gefährlich, am helllichten Tag mitten in der Stadt wem ins Taschl zu greifen. Viel zu viele Zeugen! G'rad auf der MaHi!«

Doblhofer beschloss, sich nachher Marios Strafregister etwas näher anzusehen, und rief den dritten Verdächtigen – Manuel – zu sich.

»Ich schwöre beim heiligen Nikolaus«, sagte Manuel, »dass ich die nette alte Dame nicht bestohlen habe.«

Doblhofer war von Manuels Eid wenig beeindruckt. »Ihre Schicht beginnt um zehn?«, fragte er.

»Ja, um zehn. Warum?«

»Weil der Diebstahl um etwa halb elf erfolgte. Da waren Sie schon unterwegs, Ihr Kollege, Nikolo Rupert, aber noch nicht. Das grenzt die Zahl der Verdächtigen ein wenig ein.«

»Halb elf«, überlegte Manuel. »Wo war ich denn da? Ich bin knapp nach zehn los, den Gürtel hinab zum Westbahnhof und dann links die Mariahilfer Straße entlang Richtung Ring. Die Gerstnerstraße liegt in der anderen Richtung, dorthin bin ich gar nicht gekommen.«

»Und – haben Sie einen Zeugen? Vielleicht irgendeinen Bekannten auf der Mariahilfer Straße getroffen, der Ihnen für halb elf ein Alibi geben könnte?«

Manuel dachte nach. »Ja, einen Schulfreund hab ich getroffen, in der Nähe von der Kirchengasse, er hätt mich eh nicht erkannt in meiner Verkleidung, aber ich ihn, aber da war es schon Mittag, der hilft mir wohl nicht.«

Doblhofer brauchte aber ohnehin keine derartige Hilfe, denn er hatte bereits einen Verdacht, welcher der drei Nikolause der alten Dame in die Handtasche gegriffen hatte.

Wen verdächtigt Doblhofer?

Lösung: 29. Rätsel-Krimi

Doblhofer verdächtigt Manuel. Dieser behauptet, nicht zur Gerstnerstraße gekommen zu sein. Doblhofer hat aber nur von einem Schutzweg auf der Mariahilfer Straße gesprochen.

DOBLHOFERS WEIHNACHTSGRÜSSE

Als Oberinspektor Otto Doblhofer und seine Gattin spätnachmittags vom weihnachtlichen Verwandtenbesuch nach Hause kamen, schnappte sich Frau Doblhofer die Fernbedienung, um das vom Christkind gebrachte neue Flachbildfernsehgerät einzuschalten. Ihr Mann wiederum startete das vom Weihnachtsmann unter den Christbaum gelegte nagelneue Notebook.

»Was willst du denn jetzt am Computer?«, fragte Frau Doblhofer, die sich auf einen gemütlichen Fernsehabend gemeinsam mit ihrem Mann gefreut hatte.

»Unsere Mails checken«, gab Doblhofer zur Antwort.

»Wer sollte dir denn jetzt schreiben zwischen Weihnachten und Neujahr?«

»Nicht nur mir, uns«, korrigierte Doblhofer. »Da gibt es einige. Heutzutage werden Weihnachts- und Neujahrwünsche ja nicht mehr mit der gewöhnlichen Post verschickt, sondern als E-Mail. Dadurch ist auch sichergestellt, dass sie halbwegs pünktlich eintreffen.«

»Na, ich weiß nicht«, meinte Frau Doblhofer, das Fernsehprogramm in der Zeitung überfliegend. Dieses war – trotz des neuen Apparats – nicht besser geworden.

»Da haben wir es schon«, rief Doblhofer. »Tante Monika sendet uns per E-Mail frohe Grüße von den Fidschi-Inseln. Und als Anhang schickt sie ein Foto, wo sie im Liegestuhl liegt und irgendein wahrscheinlich alkoholisches Getränk unter Zuhilfenahme eines Strohhalms aus einem überdimensionalen Becher saugt.«

»Was macht Tante Monika auf den Fidschi-Inseln? Die bekommt doch sonst schon Heimweh, wenn sie die Stadtgrenze von Wien passiert hat.«

»Was sie dort macht? Urlaub. Sie möchte ein einziges Mal in ihrem Leben das neue Jahr ohne Musikantenstadl beginnen und daher ist sie möglichst weit weg geflüchtet.«

»Auf die Fidschi-Inseln.«

»Genau. Sie schreibt, dass es tagsüber sehr warm ist, so an die 30 Grad, und das Wasser hat angenehme 27 Grad.«

»Ja, damit könnte ich mich auch anfreunden.«

»Morgen macht sie einen Ausflug ins Landesinnere. Im tropischen Regenwald hofft sie einen dieser Frösche zu sehen, die offenbar nur auf den Fidschi-Inseln leben. Endemisch nennt man das, wenn ein Tier nur in einer bestimmten, räumlich klar abgegrenzten Umgebung vorkommt.«

»Danke für die Nachhilfe, werter Gemahl. Na, einen Frosch könnte Tante Monika hier in Österreich auch zu sehen bekommen, wenn sie zu Silvester in eine Fledermaus-Aufführung geht«, warf Frau Doblhofer ein, auf den Namen des Gefängniswärters im 3. Akt der Johann-Strauß-Operette anspielend. »Wer hat uns denn noch geschrieben?«

»Ah, der Sternmaier!«

»Wer oder was ist der Sternmaier?«

»Den kennst du nicht. Ein Polizeikollege. Er gibt gern an. Mit seinem Auto, seinem Haus, seinem Swimmingpool, seinen zwei Geliebten und natürlich auch mit seinem Urlaub. Na, da schau her, er hat seine Grußmail an die Innenministerin geschickt und in Kopie an alle Polizeibeamten.«

»An alle von euer Abteilung?«

»Nein, an alle in ganz Österreich.«

»Na, da muss er ja einen tollen Urlaub machen. Wo ist er denn?«

»In Moskau. In einem dieser Luxushotels speziell für stinkreiche Russen und ausländische Touristen. Hier ist ein Link zum Hotel, wenn es dich näher interessiert.«

»Nicht unbedingt, vielleicht werde ich nur neidisch, weil unser weihnachtlich-neujährlicher Ausflugshöhepunkt in einem Besuch bei deinem Onkel in Wiener Neustadt besteht.«

»Na ja, dass du neidisch wirst, ist ja wohl auch der Zweck der Mail. Offenbar war das Weihnachtsessen ganz besonders toll, mit einem halben Dutzend Gängen, einer köstlicher als der andere …«

»Bei typisch russischem Essen denke ich an Borschtsch«, warf Frau Doblhofer ein.

»Ist das nicht eine Rote-Rüben-Suppe?«, entgegnete ihr Mann stirnrunzelnd. »Wegen einer läppischen Roten-Rüben-Suppe hätte er uns wohl kein Mail geschrieben. Ich denke da eher an Kaviar, Krimsekt, Wodka, Störfilet …«

»Wer stört?«

»Stör! Der Fisch! Näheres zur Menüabfolge schreibt er leider nicht.«

»Kein Link zur Speisekarte?«

»Nein.«

»Na, egal. Wer hat uns denn noch mit Urlaubsmails beglückt?«

»Na, da schau her! Die Höflingers!«

»Unsere ehemaligen Nachbarn?«

»Ja. Die besuchen ihren Sohn Frank in Kanada. Offenbar veranstaltet Regina eine regelrechte Weihnachtsmannparade.«

»Regina? Ist das Franks Frau?«

»Nein, Regina, so heißt der Ort, wo der Sohn von den Höflingers wohnt. Die Hauptstadt von Saskatchewan.«

»Wieder was dazugelernt. Und dort hat der Weihnachtsmann paradiert?«

»Nicht nur einer. Dutzende. In Kanada kommt ja nicht das Christkind, sondern der Weihnachtsmann. Santa Claus.«

»Der Wampenmann aus der Cola-Werbung?«

»Sei nicht so unhöflich. Er ist halt gut genährt. Zeichen des nordamerikanischen Wohlstands. Die Höflingers schreiben, am 24. ist in Kanada weihnachtsmäßig noch tote Hose, der Claus – also der Santa Claus – kommt dann in der Nacht auf den 25. mit seinem Schlitten, saust durch den Kamin herab und füllt die Socken mit Geschenken. Und zu essen gibt's dann einen Truthahn, ob man ihn mag oder nicht. Na ja, typisch amerikanisch, wie man es von diesen schmalzigen Filmen her kennt.«

»Die sie aber leider heute nicht spielen«, sagte Frau Doblhofer, auf die Fernsehzeitung und den noch immer nicht eingeschalteten Flachbildapparat weisend.

»Na ja, die Tatort-Wiederholungen sind ja auch nicht schlecht«, sagte Doblhofer und öffnete das nächste Mail. »Cousin Boris verbringt die Feiertage offenbar in Italien.«

»Tatsächlich? Wo denn?«

»Schöne Grüße aus Rom, schreibt er«, berichtete Doblhofer. »Er entschuldigt sich vielmals, dass er erst jetzt dazu kommt, uns ›buon natale‹ zu wünschen, aber es war so stressig. Am 24. gab es ein großes Festessen mit viel Fisch und Gemüse und zum Nachtisch den berühmten Panettone.«

»Diesen Möchtegernkuchen?«

»Genau. Die Italiener essen den offenbar als Weihnachtskuchen und trinken viel Wein dazu.«

»Das muss dann wohl auch sein. Panettone, igitt!«

»Und am beeindruckendsten war dann am Heiligen Abend die Mitternachtsmesse mit dem Papst. Sein Hotel – also das von Boris, nicht das vom Papst – liegt offenbar ganz in der Nähe vom Vatikan, sodass er zu Fuß hingehen konnte.«

»Schön für ihn.«

»Und trotzdem«, sagte Doblhofer.

»Und trotzdem was?«, fragte seine Frau.

»Die vier weihnachtlichen Mailgrüße aus Rom, Kanada, Moskau und von den Fidschi-Inseln in allen Ehren, aber eine Person ist ganz offenbar nicht dort, wo sie zu sein behauptet.«

Warum glaubt dies Doblhofer?

Lösung: 30. Rätsel-Krimi

Doblhofers Polizeikollege Sternmaier. Denn in Russland feiert man Weihnachten nicht am 24./25. Dezember, sondern erst am 7. Jänner!